破天荒坊主がゆく

ひぐち日誠

JN274055

Contents

目次

Introduction

序に代えて

滝を登はん中、ホールドの岩が抜け、滝壺へ真っ逆さま。
源流で、岩の間に足が挟まり、ひと晩中その体勢で凍死寸前。
鉄砲水にツン流され、二カ所骨折、溺死寸前。
北岳バットレスの第四尾根で、滑落宙吊り、地獄を見る。
北関東の山中で、道迷い遭難、餓死寸前。
東北の源流で、毒草にあたり、下痢、嘔吐に二日二晩苦しむ。
冷水の梓川《あずさ》、モリで大ヤマメ突き損ね、あわや心臓マヒ。

と、まぁ、ざっと思い浮かべるだけでも、こんな感じのオットロシー目に遭ってきた。よく生きてるなぁ、と我ながら苦笑してしまう。

しかも、これ、釣り、登山、岩登りに関しての「瀕死体験」である。

坊主になるための修行、果てはギャンブルにおいても、この「瀕死体験」てやつは、ついて回った。

なんなんだろうね。まぁ、ホントよく「死に」かけた。小さい頃から、何かに挑戦するのが大好きだったけど、それが、困難なほど長続きした。生来の負けず嫌いが災いして、こうした命からがら、危機一髪、九死に一生、まさに崖っぷちの体験をするハメになっちゃった。

口のわるい友人どもは「悪運の強いヤローだ」と、のたまう。

その通り!!!

まさに、僕の人生、ただの「運」だけで生きてこれた観が強い。仏教的に言うと、よほど強いご守護神様に守られているんだろうけど、それにしても、よく生きているもんである。

Introduction

序に代えて

孤高の名登山家、加藤文太郎氏、長谷川恒男氏に憧れて、よしゃーいいのにソロで行動してきたけど、このザマである。前述の「瀕死体験」のうちのどれかで命を落としていたら、親不孝この上ない。大馬鹿ヤローの権化である。

が、しかしっ!!!

たったひと言、言わせていただければ、このどうしようもない人生彷徨の体験が、いまの僕を支えてくれているのは、間違いない事実だ。

大自然に教えられ、はたまた、巷の生き馬の目を抜くような世界で生きている人生の達人たちに教えられて、なんとかお坊さんらしく成長させてもらったのだ。こうした体験がなければ、未だにただのハナ垂れ小僧であろう（まだ、そうかな？）。

この本は、そんなおぞましいまでの体験をまとめたモノである。いろんな人に出会い、心に残る話をし、摩訶不思議な体験、オットロシー体験などを、しゃもじでゴタゴタにかき回して、網羅してみたのだ。

目標を見失い、人生漂流している方や、自信を失い、下ばかり向いている人にはぜひ読んでいただきたい。

こんなバカも世の中にはいるんです。

こんな生き方もあるんです。

すってんころりんの、ドタバタ人生も、そうわるくはないもんですよ。

Introduction

序に代えて

ま、いまじゃー、僕も、ようやくひと皮むけて、釣り弟子たちと釣りを、そして人生を楽しめるようになってきたのだ。ちょっぴり大人になったのかもしれない。がむしゃらに突っ走ってきて、あちこちにぶつかり角が取れて、丸くなったのかはわからないけど、少しは大人しくなったのだ。

でも、挑戦する気持ちは変わらない。

50歳を過ぎたいま、大山倍達《ますたつ》氏の提唱した「極真」スピリットに共感して道場の門を叩き、青息吐息、必死で練習についてゆき、組み手でボコボコにされることを楽しんでいる。

家族や友人からは「死ぬからやめろ」と言われてるんだけど、一度火がついたら、自家消火できない性分は変わらない。

最近はゴルフにも火がついた。オッソロシーほど熱中してる。バネ指と、テニス肘と、五十肩になってもやめられない。

もう、わけがわかんない。

気がついたら、破天荒は、現在進行形なのに気がついた。

むしろ、若い頃と違い、弟子どもを巻き込んでいるだけ、始末がわるい。

こそこそと、女房に内緒で佐藤君やカメ吉といった釣り弟子たちに電話をかけ、釣りの算段をし、合間にゴルフの計画を練っているのだ。

やはり、いくつになっても、大馬鹿ヤローは治らないのかもしれない。

押忍

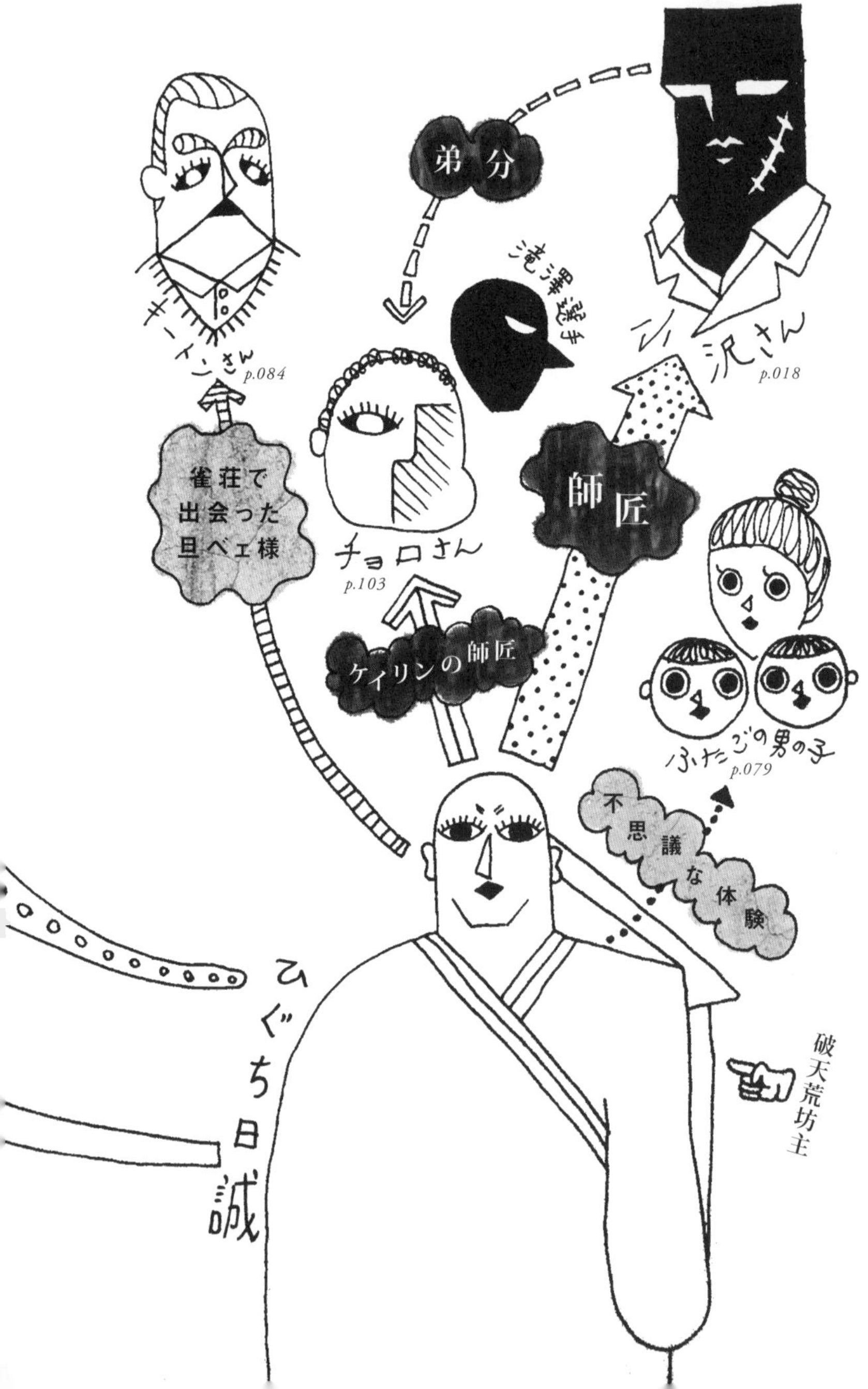
弟分
滝澤選手
キーインさん p.084
シ沢さん p.018
雀荘で出会った旦ベェ様
チョロさん p.103
師匠
ケイリンの師匠
ふたごの男の子 p.079
不思議な体験
ひぐち日誠
破天荒坊主

軽トラのおっちゃん
p.119
任侠鮎師
p.129
石鯛釣りのじいちゃん
p.146
暗闇の登山者
p.059
佐藤くん
p.165
カメ吉
釣り場で出会った方々
釣り弟子
お釈迦様
p.183
娑婆世界の
有象無象たちよ
日々これ修行である。
ナーム破天荒……、
ナーム、ム!?

ザ、修行！

世界三大荒行というのがある。他のふたつはよく知らないけど、そのうちのひとつを僕は経験したことがある。22歳のときだ。

その名も「日蓮宗百日結界《けっかい》大荒行」という。名前からして、おどろおどろしい。

どういう内容かというと、11月の1日から2月の10日までの百日間、結界（世間との関係を断ち、あるお堂にこもった状態）のなかで、ひたすら修行をするのだ。その内容がすさまじい。朝は2時半に起き、3時の水をかぶり、4時から5時半まで読経。5分で朝食を摂る。朝食といっても、3分がゆに、中身のない味噌汁と、たくわん2切れ。その後、6時の水をかぶって、ひたすら読経三昧。以後、3時間おきに水をかぶり、昼食はなし。夕方の5時半に2回目の食事。しかしこれも、薄いおかゆに一汁一菜。そして6時の水行《すいぎょう》のあとがすさまじい。夜の11時の水行まで、ひたすら読経だ。もちろん正座。そして、11時の水をかぶり終え、就寝するのが、12時半頃。そして、2時間

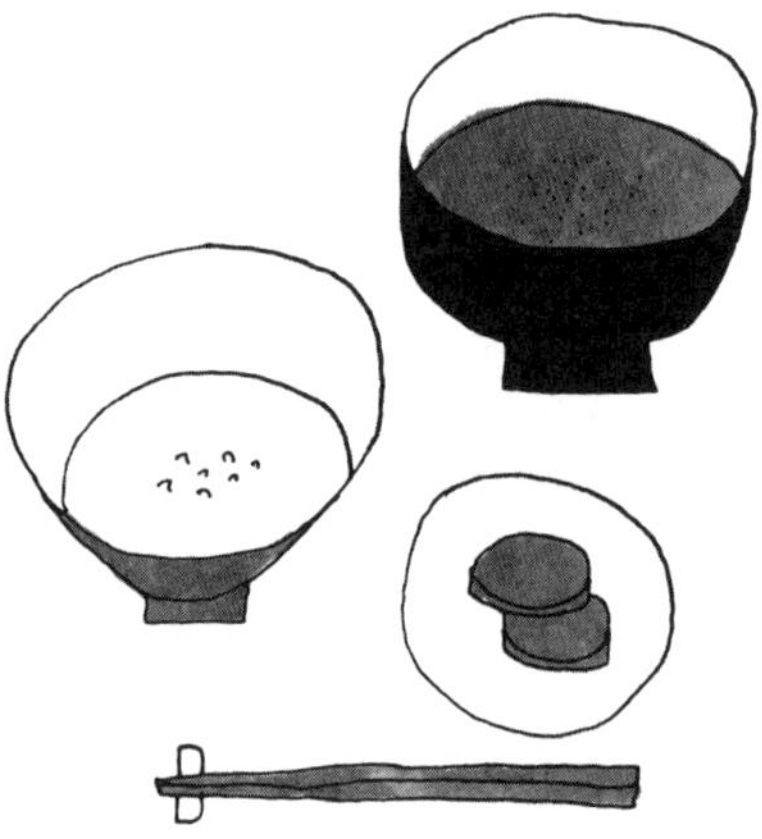

後、起床して、同じことを繰り返す。

はっきり言って、地獄でした。

じつは、この修行、けっこう死人も出る。僕の母方の祖父もこの修行がもとで亡くなった。とにかく過酷なんてもんじゃないのだ。栄養失調、睡眠不足、寒さとの闘い、正座の苦しみ……。もう、あらゆる辛さがテンコ盛り。まさに生き地獄だった。

で、いったい、なんのためにこんな苦しい思いをするのか？

日蓮宗では、加持、祈祷をする人を「修法師」と呼ぶ。この「修法師」になるための行なのだ。魑魅魍魎《ちみもうりょう》と対峙するには、不惜身命《ふしゃくしんみょう》を体得しなければならない、という戒律があり、ゆえに、「修法師」を目指すものはこの行に参加せざるをえない。

お寺に生まれた僕は、小さい頃からこの行の存在を知っていて、もう嫌で嫌でしようがなかった。なんとかして逃れたい、とずっと思っていたのだ。しかし、僕のお寺は、いわゆる「祈祷寺」。前述の修法をメインに行なうのである。逃れる術《すべ》は、坊主になることを放棄するしかなかった。

紆余曲折、人生を放浪の末、坊主の道を選んだ僕は、意を決してこの行に臨んだ。

が、しかーし。荒行に参加して、3日目に、激しい後悔に襲われた。

(あ〜、こりゃ死ぬなぁ。俺も終わった〜。やるんじゃなかった……)

それからは、いつ、逃げ出そうかということばかり考えていた。

しかし、人間、こんな極限状態にも「慣れ」ってやつはあるらしい。徐々に、水行、寒さ、眠さに対する「苦しみ」が薄らいでいった。

つまり、しびれてしまったのだ。しかし、最後まで、しびれずに、すさまじい地獄を与えてくれたのが「飢え」だった。これはむしろ、日増しに度を強めていった気がする。もう、毎日、飢えの極致。1分1秒も、食べ物のことが頭から離れない。腹が減ったなんて状態を通り越し、餓鬼道に落ちていた。

そんなとき、僕にとっていちばん印象に残る事件が起きた。1日2回の貧しい食事のとき、隣でけんかが始まった。見ると、どちらも40代の修行僧。原因はたくわんの大きさだった。お互いに、相手のたくわんが大きく見え、果ては、殴り合いの喧嘩にまで発展したのだ。

どちらも、娑婆《しゃば》世界では、立派な住職として、檀家さんから「お上人様」「先生」などと言われ、一目置かれる存在の人が、なんとたくわんひとつで殴り合う。

地獄だと思った。

かくいう僕も、隣の人のおかゆが、僕より多いんじゃないかと、いつも腹が立っていた。目は、まさに飢えた狼だったろう。その人を殴ってでも、おかゆを奪いたかった。このときのことは、いまでもはっきりと覚えている。そして、この「飢え」の感覚は、おそらく一生忘れないだろう。

よくテレビで、被災地の人が救援物資に群がる光景を目にする。いい大人が、喧嘩をして奪い合っている。醜い光景だが、僕は、笑えない。彼らの、地獄のような飢えを理解できるからだ。

命からがら、2月10日を迎え、なんとか荒行を成就した僕は、「生還した」という思いに涙していた。まさに、命拾いをしたという、感慨に浸っていた。

一方で、荒行を共にした友人が、亡くなっていたので、複雑な思いでもあった。

73kgあった体重は48kgまで落ち、脚気《かっけ》になり、2・0あった視力も0・6まで落ち、足には正座のしすぎで穴が開き、しびれはずっと続いた。

「修法師」という免許皆伝を得た一方で、失ったものも多かった。

しかし、この修行で、僕は得難いものを得た。それは、不惜身命の境地でもなければ、強じんな精神力でもない。

それは、自分の奥底にある、恐ろしいまでの「自我」、つまり「エゴ」に気づいたことである。

生まれて初めて、「飢えた」とき自分の本性が出て、その醜さに驚いた。俺って、こんな人間だったのか? と、失望した。

よく「衣食足りて礼節を知る」って言うけど、本当である。

結局、腹が減ったら、先生も生徒も、社長もヒラもないのだ。


以前、禅宗の高僧が、テレビのインタビューで「座禅で得るものはなんですか?」みたいな質問を受けていた。その答えに、僕は驚愕した。

「自分の心の底にある自我を感じることです」と答えたからだ。

えーっ、て声を出していた。

インタビュアーも「えっ? 無になるんじゃないですか」と、意外な答えに驚いていると「とんでもない。無になるってなんですか? 僕はね、心の底にある自我といつも戦っているんです。ともすると、そのエゴを忘れるんですね。だから、座禅をして、自分の自我、エゴを引き出して、自戒しているんです」と言った。

きっと、インタビュアーには、ピンとこない答えだったに違いない。でも、僕にはようく理解できた。

それにしても、高僧たるこの方は、自分とは宗派を異にするけど、とてもすごい人に思えた。ある地位にあるにもかかわらず、自分の「エゴ」をあえて口にし、一歩引いたスタンスをとるなんて、常人にはできない。


そして、この方も、自らの戦争体験で、極限に飢えた体験談を語り、そこから、人間の奥底にある「自我」「エゴ」について考えるようになった、とインタビューの最後に語っていたのがとても印象的だった。


僕のお寺でも、座禅ではないけれど、月に数回、お題目を唱え、次に1時間ほど黙思して自分を見つめる会を開いている。これは、普段「動」のなかにいる現代人に「静」の瞬間を味わってもらうのが主たる目的で始めたんだけど、驚いたことに、「いやー、なんか違う自分を発見しました」という人が、まれにいるのだ。どういうことかと聞くと、「黙思しているとき、無になるどころじゃなくて、心が騒いでしょうがないんです。普段はこんな心境にはならないんですが、なぜか、心がざわつく。なぜでしょう?」と言う。

つまり、1時間、じっと静かに自分を見つめるっていうことが耐えられないのだ。この人にとっては、これが苦行。

「それで、いいんですよ。何も無になることが目的じゃないから。普段と違う環境から、違う自分、つまり、心の底がのぞければいいんです。そこから、何かを感じてください」

ある意味、その人は、「イイ修行」をしていると、言えるのかもしれない。

一日という短い修行では、僕が体験したような極限状態は無理かもしれないけど、この人のように、普段と違う自分を感じ取ることはできる。そこから、「自我」「エゴ」を感じる道へと続けば、いいのかもしれない。

僕は、自分のなかの「自我」「エゴ」を知り、初めて自分というものを見つめることができた。すべて、そこからのスタートだった。それ以来、他人に対しても、やさしくなれた気がする。「無」になろう、なんて思わなくてもいい。僕は、死ぬまで「無」にはなれないだろう。そんなもん、寝てるときか死んだときしかなれないだろう。むしろ、自分のなかの「有」を、日々感じている。そして、そこを基準に、物事を考えようとしている。人から相談されても、人間の底を見ているから、少しはましな答えができている気がする。

僕のお寺にも、心の安定を求めて修行をされようとする方が時々来るけど、そうしたものは、リラックスできる状態、状況があれば、かなり得ることができる。ところが、「自我」「エゴ」といったものは、楽しい満ち足りた生活のなかからは、容易に見つからないのだ。

自分のなかの「エゴ」に気づいたとき、人はひと回りもふた回りも大きくなるんだと思う。

ザ、修行！　その２

修行って、いったい、なんのためにするんだろう？

苦しい修行の最中、常にこの疑問はつきまとった。朝も暗いうちから起き、水行、掃除、お勤め……もう、いやんなる。

腹は減る、眠い、足は痛い、お経で声がかれる……。

いいこと、ひとつもないじゃん。ジョーダンじゃねーなー。

いつも、こう思っていた。

だから、修行期間が明けたときは嬉しかった〜。普段の生活のありがたみをシミジミ痛感し、そして、天狗になった。

どうだ、俺はすごいぜ。苦行を乗り越えたんだぜ。

ちょっと反り身になり、他人をやや見下していた。

ところが……。

世の中に出てみると、じつに煩わしいことが多く、ままならない。修行を積んで、徳の高い人間のはずが、イライラしたり、カッカきたり、落ち込んだり、と、大変。なんら普通の方々と変わらない。むしろ、慢心を抱いていた分、ギャップに苦しみ、ストレスは溜まった。

なんで、厳しい修行をした俺が、こんなに苦しむの？

なんなんだ、この世の中って……。

そのとき、夏目漱石の文句が浮かんだ。

「智に働けば角が立つ。情に棹させば流される。意地を通せば窮屈だ。とかく人の世は住みにくい」

（『草枕』）

まさに、人の世の生き辛さを示した、名文句である。

いくら苦しい修行をしても、世間の辛さは簡単にやり過ごせない、ということだ。

日蓮聖人も「極楽百年の修行は穢土《えど》の一日の功徳に及ばず」と、述べている。つまり、人との煩わしさがない所で百年修行するよりも、この世間で、一日、他人と過ごすことのほうが大変である、と、言っているのだ。

うーん、世の中、簡単じゃねーなー。

つくづく、思い知らされた。

考えてみれば、僕の心を鍛えてくれたのは、その後の人生におけるギャンブルの場や、釣りにおける大自然だった。

通い詰めた雀荘で出会った人たちや、たったひとりで山の中で過ごした時間が僕を育ててくれた。

特に、ギャンブルの場で出会った人たちは、そりゃ、もう、みーんな、とっても個性のある方たちで、元○○組で小指のない人が師匠だった。テキ屋の方、現役ヤクザの方にも、世間を教わった。

そこは、おぞましい人間の欲望が渦巻く、まさに鉄火場。

いざこざで、目の前で人が刺されたこともあった。殴り合いは、しょっちゅう。

そんなとき、僕の師匠たちが活躍する。

まず、とにかく冷静に処理する。大騒ぎしない。

警察ーっ！　救急車ーっ！　なんて、うろたえない。

傷の応急処置も、医者並みに速い。喧嘩の仲裁は、天才的だ。

つまり、事にあたって、平常心なのである。

これは、すごいことだ。

死者も出る大荒行を成就した僕でさえ、こんな場面に遭遇すれば、動揺し地に足がつかない。

有事における平常心というのは、仏教的に言うと、悟りである。

えっ？　ヤクザが悟り？

一見、相反するようだけど、人間の本質を見つめれば、決してありえないことじゃない。

事実、僕は何人もの高僧と言われる人たちに会ってきたけど、説得力では、小指のない師匠のほうが勝った。

まさに、こうした修羅場で生きてゆくことは、最高の修行なのであった。

ひとり、黙々とお経を読み、滝を浴びて満足している人よりも、偉いのかもしれない。

ザ、修行！ その2

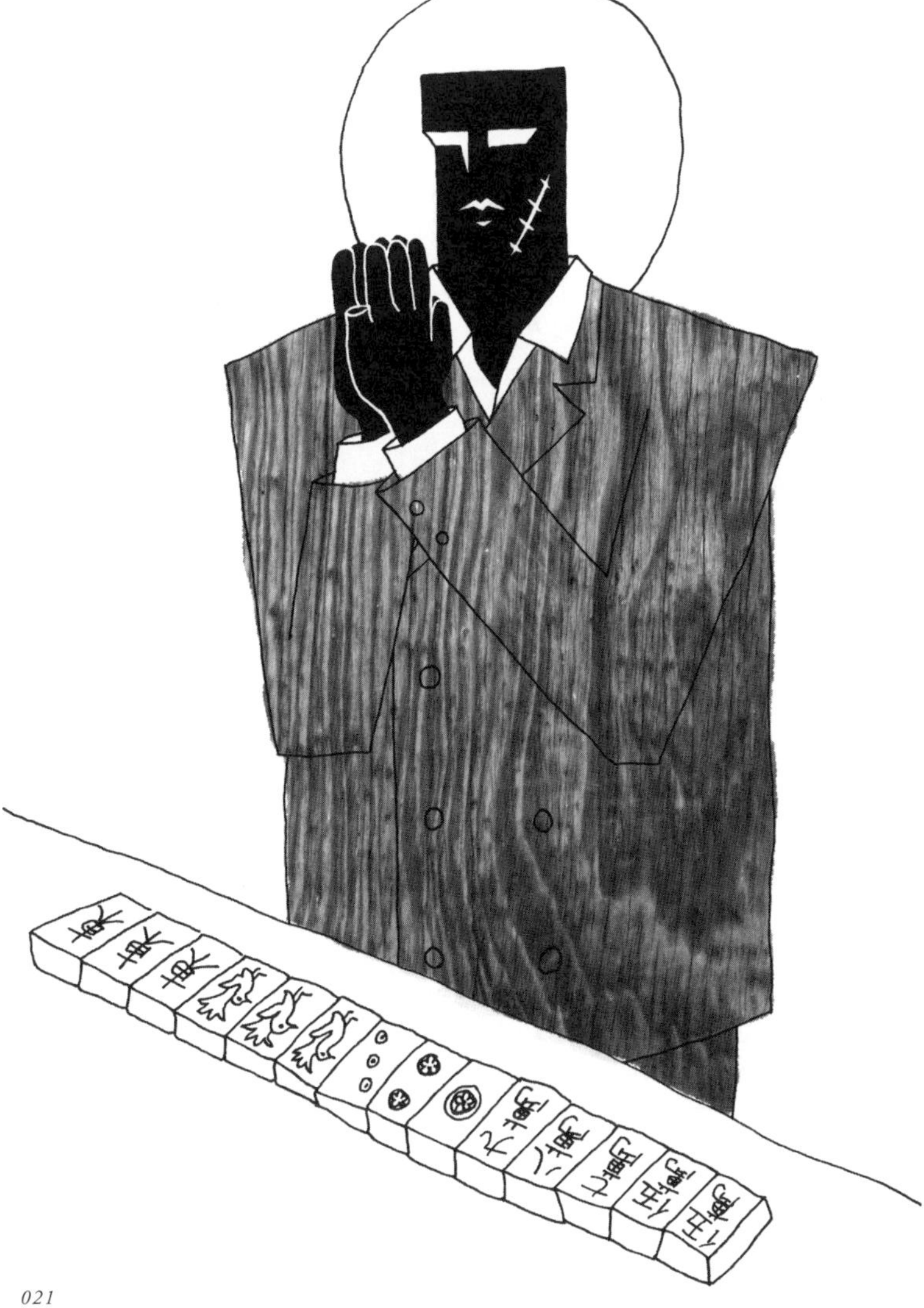

さらに、驚いたのは、この生き地獄のなかで、人間のやさしさを垣間見たことだった。まさに、損得抜きの情を見た。一般社会でよくある偽善的なやさしさじゃなく、輝くばかりの人情であった。

こうしたものに触れ、ほんの少し成長したな、と感じたのは25歳のとき。「大荒行」を成就してから2年後のことだった。お寺でふんぞり返っていたら、バカのまんまだったろう。

僕が垣間見た世界の人たちは、みな、自分のスタイル、ポリシーを持ち、自分の欲、エゴと共存していた。これは簡単そうで、じつに難しい。やれ、部長だ、専務だとか言って、ふんぞり返っている人には、縁のない話だ。

ドロドロになり、必死で生き抜いた経験、すべてが骨肉となってきたのだろう。

だから、ここには、人生の達人がじつに多い。そうでない人は、こんな地獄でも、自然淘汰されてゆく。

前項の「ザ、修行！」で、自分の「エゴ」に気づけば、修行も大成功！ と言ったけど、巷のこうした世界に住む人たちは、それを達観していたのである。

つまり、断食、水行などの厳しい修行などしなくても、人間は磨かれてゆく、ということである。

坊主でなくても、充分、悟ることはできるのだ。

我々が厳しい修行をするのは、心身堅固を得るのと同時に、魑魅魍魎に立ち向かう術を得るのも目的であるので、勘違いしないでいただきたい。

娑婆世界で、生きてゆくことが、充分、修行である。

特に、敷かれたレールの上なんて走らないで、脱線していろんな道を走ったほうが身になる。ドロドロした世界で、もがき苦めば、なおよろしい。
まさに、大荒行。

苦しんだ分、きっと、ご褒美は大きいはず。
2年でいいから、もがいてみてください。
2年後、間違いなく、強くなっているから。

神々の領域

先日、僕の住んでいる界隈で、害獣駆除とやらが行なわれた。何やら物々しいので、役場に問い合わせると「クマやシカの害が出ているので、その駆除です」とのこと。つまり、害獣とはクマやシカのことであった。

ジョーダン、ポイポイである。

僕はてっきり害獣などとのたまうので、ギャオスやキングギドラがいよいよ攻めてきたのか？とか思っちゃったもんね。

それが、クマやシカである。

あきれたなぁ。

だいたい、砂防工事や訳のわかんない林道工事で、彼らの住処《すみか》を追いやっているくせに、いざ、人間の居住区に侵入しただけで、大騒ぎだ。もともと彼らの聖域に勝手に足を踏み入れ、自然を破壊しまくって住処を奪ったことなど頭にあるはずもなく、まさに暴挙な振る舞い。

こりゃ、いつかしっぺ返しがくるわなぁ。

環境汚染が人間に跳ね返るように、自然破壊や自然の摂理に反することばかりしていると、いつか痛い目に遭うこと必定だ。

僕は、昔、自然破壊や環境汚染ではないけれど、自然を甘く見て、えらい目に遭ったことがある。

いわば、山の神様からお灸をすえられたことがあるのだ。ここでは、その話をしてみよう。

いまから25年ほど前の話。一年のうち100日以上、山の中で過ごしていた頃だ。山に登り、大イワナを釣るために、全精力を使い果たしていた時期である。

五月のある日、僕は北関東のとある渓流に入った。

普段は、黒部や東北の深山が僕のホームグラウンドだったけど、たまには関東近辺も歩いてみようと思い立ったのだ。

車をトロトロ駆りながら山の様子を見て、ある場所で入山した。奥の山はせいぜい1000m級の低山だったので、魚止めまで2日とみて、1泊2日の食料をザックに詰め、山道を進んだ。今回は低山でチョロそうだったので、ザイルなんかの三つ道具は置いていくことにした。このことが、あとでとんでもないことになろうとは、このときは知る由もなかった。

1時間ほど歩いて入渓し、満を持して、フライを振った。ところが、釣りを始めてすぐにやる気がうせた。なぜなら、そこら中に釣り人の足跡があったからだ。ミミズの空箱なんかも落ちていた。

あちゃー、参ったなぁ。

案の定、魚の出は渋かった。たまにポツンと出ても、放流サイズ。ガックシである。これは、上流に行っても同じだった。

はぁ～、やっぱ、簡単に人が入れるとこはダメだなぁ。

やっぱ、東北だよなぁ……。

ガックシきて、ロッドをしまった。

それでも、と明日へ期待を込めて、ビバークの準備をした。

せめて、魚止めでデカイやつが出ることを期待して、半ばやけ酒のウイスキーをかっくらって、ラーメンをすすった。さすがに、放流サイズは食う気になれず、さみしい夕食だった。

明日こそは、デカイのを釣るぞー。

淡い期待を抱きながら、シュラフに潜り込んだ。


次の日、釣りを開始してから1時間ほどで魚止めに出た。しかし、ここでも放流サイズのアマゴが1匹出て終了。滝上を確認した僕は、このまま下るのも悔しいので、山を越えた渓流に入ろうと思いついた（なぁに、しょせん低山だからなんてことはないさ）。

山に自信を持っていた僕は、稜線を越えて、隣の谷に入っていった。

この頃、山は、いまで言う百名山はボコボコ登っていたし、岩も、北岳バットレス第四尾根や谷川岳、一ノ倉南領なんか完登していて、ちょっと天狗になっていたのだ。すっかり山のエキスパートだと、自分で思い込んでいた。だから、こんな低山なんか、なめきっていたのである。

食料も少なくなっていたけど、イワナ、ヤマメを釣ればなんでもない、と、いつもの東北の渓流のノリで、ゴーサインを自分に出していた。

鼻歌交じりで、ヤブ漕ぎをしながら徐々に谷に降りていった。ところが、突然、切り立った崖の上に出てしまった。

あちゃー、しまったなぁ。

今回はチョロイ釣りだと決めつけ、ザイルなどの岩登り3点セットは持ってこなかったし、地図もどうせ使わないと思い、車の中に置いてきていた。思案に暮れながら崖を見ていると、なんとなく降りられそうな気になってきた。

めんどうくさい、行ってみるか。

意を決した僕は、無謀にもノーザイルで崖を降り始めた。ザイルがあれば、懸垂下降でなんてことはないけど、ノーザイルでは登るより危険だ。

岩を半ば降りてきたとき、ちょっとしたテラスがあった。ここでひと休みできると、やや安心した僕は、気がゆるんだ。この気のゆるみが、事故を招いた。下降を再開して、あと5〜6ｍくらいの所で、左手のホールドの岩が抜けバランスを失った。

やばいっ！

とっさに墜落を覚悟した僕は、瞬時に飛んでいた。強い衝撃を覚悟していた割には、全身に響くものがなく、目を開けて無事を喜んだ。しかし、安心するのもつかの間、右足の痛みに声が出た。どうやら、着地のとき痛めたらしい。

ぐ……いてー……。

ゆっくり歩いて高台に移動し、靴を脱いで確認すると、骨折はしてないようだ。

まずは、ひと安心。こんなとこで骨折したら、それこそ一万年経っても誰も助けに来てくれない。

しかし、これ以上歩くのは無理と判断し、今夜はこのあたりでビバークすることに決めた。

簡易テントを張り、飯ごうにコメを入れて、水を探した。ところが、あたりには小沢や湧き水はなく、川の音もしなかった。このままじゃ、ご飯が炊けない。仮に炊けても、おかずもなかった。

いつもなら充分過ぎるくらいイワナをゲットしているので、なんの心配もないのだが、今回は獲物なし。仕方なくキノコを探すも、これまた収穫なし。ミズナやフキすらなかった。足も痛くて、腫れてきたようなので、仕方なくテントに戻った。

こりゃ、参ったなぁ。

靴下を脱いで足をみると、赤黒く腫れてきていた。

骨折はしてなくても、相当ひどい捻挫のようだ。冷やしたいけど、水の気配が近くになく、諦めるしかなかった。

ま、明日になれば、歩けるようになっているだろう。

ジタバタしても仕方ないので、まだ夕方だったけど、寝ることにした。いつもながら食料は現地調達主義。ザックの中には、塩とコメとウイスキーしかない。水筒の水は、下山中に飲んじゃったのだ。

まさか、ウイスキーでメシは炊けねーしなぁ。

動き回れない以上、ウイスキーを飲んで、寝るしかやることがなかった。

すきっ腹に、ウイスキーを流し込んでなんとか寝についた……まではよかったが、夜半に足の痛みで目が覚めた。触ると、ひどく腫れている。まずいのだ。湿布をしなかったから、悪化したらしい。痛さとひもじさで、もんもんと朝を迎えた。

ようやく陽が出て、テントから這い出した僕は、足を引きずりながら水を探し回るも、まったく水の気配なし。右足もままならないので、ほどなくギブアップ。テントに戻って寝転んだ。

参ったのだ。のどの渇き、足の痛みが、同時に僕を打ちのめす。

はぁ……。

なんで、こんな無謀なことしちゃったんだろう。地図も持たず、ザイルもないのに、崖を降り、もう、暴挙としか言いようがなかった。

激しい後悔の念とともに、最後のウイスキーを流し込んだ。

僕は、ザックから加藤文太郎の『単独行』を出して、読み始めた。どこに行くにも、必ず携行するいわば御守りみたいな本。山で気持ちが折れそうなときは、いつもこれを読んで勇気づけられていた。

よし、明日に賭けよう。明日になれば、足の痛みも楽になっているだろう。

明日への期待を胸に、いつしか寝についていた。


ところが……。

次の日、入山四日目、僕は山の中を彷徨していた。朝から深い霧に視界をさえぎられ、当初向かおうとしていた方向を見失っていた。足の状態は昨日よりはいい。ただ、このままではらちがあかない。いつもなら、木に登っておよその見当をつけるんだけど、そこまでは足も回復してなかったし、第一この霧じゃどうしようもない。

正直、かなり焦っていた。こんな低山で遭難するはずがない、と決めつけていたので、いまの状況が信じられないのだ。

クソーっ、なんだってんだよー。

イライラが増す。もう、まる二日、ほとんど食べ物を口にしていなかった。のどの渇きも半端じゃない。

いつもの開き直りの心境には、なかなかたどり着けないでいた。

仕方なく、テントを張り、空腹と足の痛みに苦しみながら、夜を過ごした。


次の日は、早くに目が覚めた。外を見ると、霧が晴れていた。

よしっ、動くぞ。

僕は、ほっぺたをたたいて気合を入れ、テントを撤収して歩き始めた。

ところが、なんと、足の状態が昨日よりわるいのだ。歩き始めて、すぐに痛くなった。

ぐ……なんでだろう……。

しゃがみこんで靴を脱ぎ、足をさすった。くるぶしから甲にかけて赤黒く腫れている。昨日、無理をしすぎたのかもしれない。

参ったなぁ。

足をさすりながら、同じ言葉を繰り返した。

さすがに、今日はなんとかできると思っていたので、アセリも半端じゃない。

空腹と喉の渇きは、恐ろしい勢いで、僕を追いつめる。

この頃から、頭の隅にあった「遭難」という言葉が、だんだんと全体を支配してきた。

空腹も限界に近い。のども焼けるように乾く。

靴を履き、なんとか体を起こした僕は、拾った木を杖にして、足を引きずるように彷徨した。しかし、ケモノ道ひとつ見つからず、この日もギブアップ。どうにかテントを張って、倒れ込むようにシュラフに入った。

入山六日目、この日は濃い霧で停滞。下手に動き回ってはまずいと、テントの中で過ごした。

正直、この頃の記憶が定かでない。極度の疲労困憊と空腹で、思考回路に変調をきたしていたんだと思う。

明けた翌日、空は快晴。ここで僕は、勝負に出た。今日明日が限界だろうという気がしたからだ。とにかく上に登ろうと決めた。こうしたときの鉄則を思い出していた。降りるほうが楽だけど迷う危険性も高い。

僕は、必死に上を目指してもがいた。動かぬ体にムチ打って、もがきまくった。最後は這っていた。それでも、上を目指した。

「遭難」という言葉に加え「死」という概念も、頭をよぎり始めた。

これまでに、黒部や東北の源流で幾度もピンチがあったけど、「死」を明確に意識したのは、このときが初めてだと思う。それほど、追いつめられていた。

荷物を全部捨てたかったけど、それだと、もうビバークはできない。いくら五月だとはいえ、夜は冷えるから、テント、シュラフなしではきつい。

僕は、草をつかんではもがくように這いながら、上を目指した。

何も食べてないから、息がすぐに上がる。口の中はカラカラで、土が入ってきても吐き出すツバが出ない。虫や葉っぱも口の中に入る。もう、かまってはいられなかった。

途中でヘビがいたので、捕まえようとして、逃げられた。ヘビに逃げられるくらい、動きが鈍か

ったのだ。

息だけが荒く、目の前が暗くなり、よく見えない。

はぁー、はぁー、はぁー。

ハンガーノックをとうに超えていた。

気力、体力、もはや限界という、まさにそのとき、僕は近くでシカの鳴き声を聞いた。

し、しめた！　ケモノ道が近いぞ。

これまでの経験から、ケモノ道と人間が歩く道は、隣接していることが多い。それをたどっていけば、道に出られる可能性がある。

なんとなく元気づけられた僕は、一縷《いちる》の望みを託しその声に向かって、鬼のように這っていく。

このときの顔は、間違いなく鬼気迫っていただろう。

こんなところで死んでたまるかー。

呪文のように繰り返し、ケモノ道を探す。

すると、奇跡的にケモノ道を発見した。近くにシカの糞もあり、間違いなくケモノ道だ。

しめたっ！　これをたどれば、道に出られるぞ。

もう、必死だった。

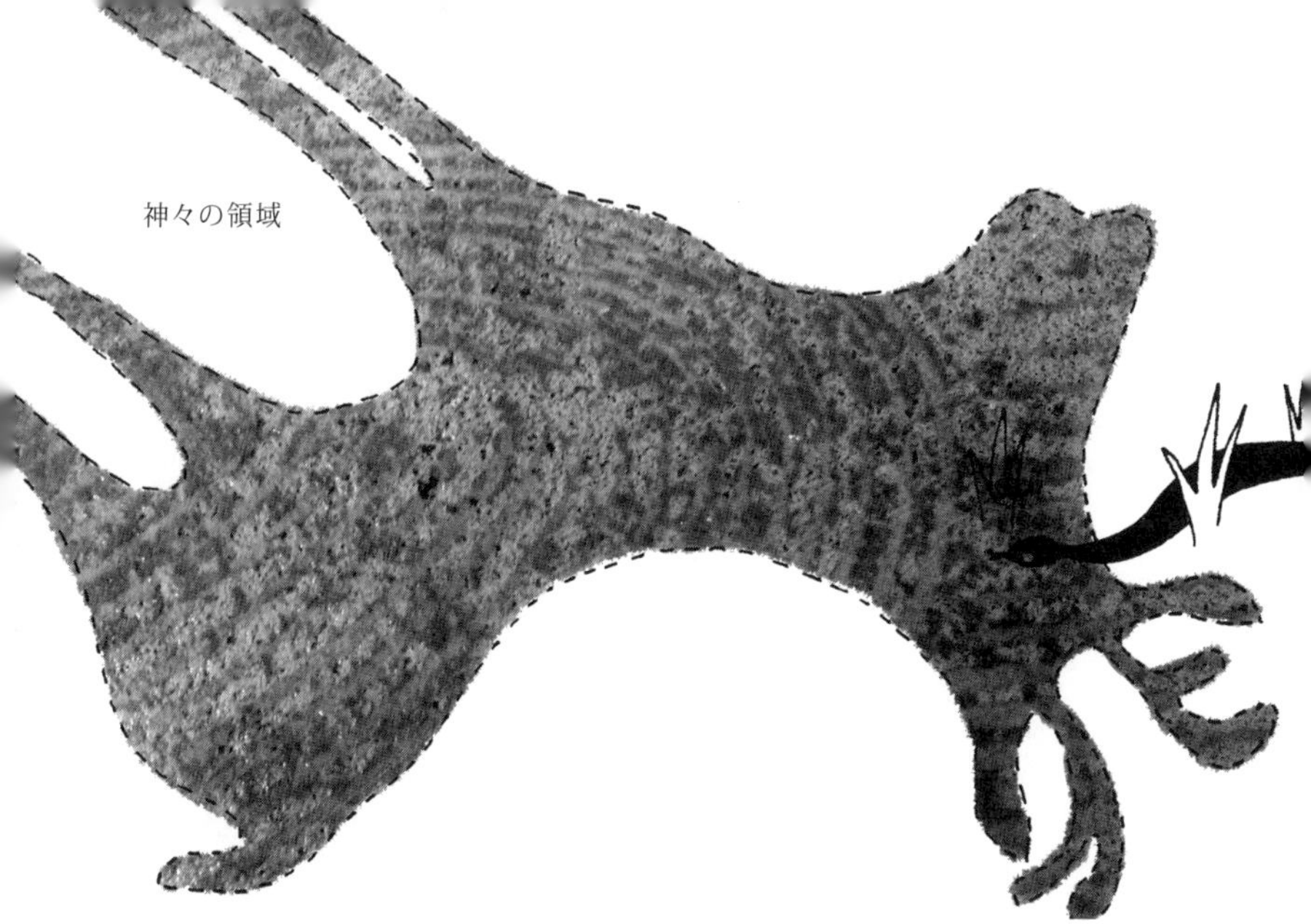

文字通り、最後の力を振り絞って、上を目指した。

すると、再び奇跡が起きた。

そこからわずかに登ったところで山道に出たのだ。細いけど、間違いなく、人が通る道だった。

やった……助かった……。

一気に安堵して、道の真ん中で気を失った。


僕を起こしてくれた男性は「今日は、たまたまこの山に来たんです。本当は隣の○○山に登る予定だったんですよ」と、目を丸くして言った。

僕は、いただいたおにぎりと水をむさぼるように腹に流し込みながら、涙を流していた。生涯最高の味だった。

「本当にありがとうございます。命の恩人です」

僕は、何度も何度も頭を下げ、その人に肩を借りて、山を降りた。

九死に一生、ギリギリのところで、命拾いをしたのだ。

自然界には、まさに摂理と鉄則、そして不可侵の不文律があることを、とことん思い知らされた釣行であった。

それを犯そうもんなら、あつ〜いお灸が待っているのだ。

低山だ、とナメ切っていた自分を叱責し、大自然の不文律の前では、なんと無力なんだ、と思い知らされたものだった。

長〜く伸びていた天狗の鼻が、ポッキリ折れたのである。

自然は偉大だなぁ。

以来、僕は、どんな低山でも油断しないことにした。

徹底して、準備を行ない、三つ道具は、必ず持参した。水を多めに持っていくようにしたのも、このとき以降である。

自然とは調和して生きてゆく、ということを学んだ経験であった。

動物は、決して自然を犯さない。調和して生きているのだ。クマやシカから学んだことも多い。

自然界では、大先生である。

そんなプーさんやバンビちゃんに鉄砲を向けるなんて、もってのほか!!! なのである。

……まして、害獣なんて、とんでもないのだ。

パワースポット秘話

昨今、パワースポットなるものが、はやりである。お隣の長野県でも、長谷村、分杭峠《ぶんくいとうげ》のゼロ磁場なんかが有名になっちゃった。

実際にそこへ行って、「気」を感じたことはないけど、僕は、自然からすごい力をいただいた経験がある。

たった一度だけど、強烈だったので、ここでご披露申し上げちゃおう。

東北の飯豊《いいで》連峰で、ある支流を釣り登っていたときだ。

5～6mの滝に行く手をはばまれた。

普段なら、ザイル等の岩登りグッズを出してやり過ごすんだけど、このときはめんどうになって、ノーザイルで越えようとした。

ま、こんな滝じゃ、楽に越えられるだろう。

油断大敵とはこのことだ。

これがみごとに裏目って、案の定滑落し、右肩をしたたかに打った。頭はなんとか大丈夫だったけど、とにかく肩がものすごい痛みだ。

ぐー、いてー……。

しばらくその場にうずくまっていた。あまりの痛みに、起き上がることもできない。

こりゃ、ダメだな……。

しばらくして、やや落ち着くと、滝を越えることを断念した。と言うより、肩が相当ヤバそうなので、とにかく下山して、病院へ行くことにしたのだ。

骨折してたら厄介だなぁ。

僕は脂汗を流しながら、必死で下山を試みた。

しかし、あまりの痛みに気が遠くなりそうになる。吐き気とともに悪寒もきた。つまり、発熱だ。僕はこれまで3度骨折しているけど、そのいずれも熱が出た。

いよいよヤバい。

夕暮れが迫った頃、ついに体が動かなくなり、その場にうずくまった。あたりを見回すと、数メートル先にデカイ木が立っていた。なんとかそこまで行くと、僕は木の根もとに倒れ込んだ。

地面に這い出した根を枕にして、上を見上げると、新緑の葉っぱが目一杯生い茂っていた。木はブナだった。飯豊連峰でもめったに見ない大きさである。

なんか大地に抱かれた感じになり、少し安心を取り戻した僕は、ザックから寝袋を出し、今夜はここでビバークすることにした。肩が痛くてタープすら張れないけど、このまま寝ちゃえ、と思った。

幸い気候は6月で穏やかだったし、天気もいい。今夜はここで耐えて、明日、病院に行くことにした。

肩の痛みで、火を起こすことはできなかったけど、非常食のカンパンとイワナの焼き枯らしが役に立った。

食欲はなかったけど、とにかく腹に入れて、痛み止めを飲んだ。

僕は、源流行のときは、お腹の薬と痛み止めを必ず持参していた。すぐに病院に駆け込める町場と違い、山の中で薬は必需品である。

患部にわるいとは思いつつ、ザックからウイスキーを出してチビチビやっているうちに、いつしかトロトロしてきて、知らぬ間に寝についた。

すると、不思議な夢を見た。

大きな泉から、すごい量の水が湧き出し、それが天に向かって噴き出すのだ。ところが空がまぶしすぎて、直視していられない。あまりのまぶしさに、目が開いた。

すごい汗をかいている。

あたりは真っ暗で、空には満天の星。

僕は汗をぬぐい、またウイスキーを飲んだ。いま見た夢があまりにもリアルだったので、興奮していた。そのときふと気づいた。僕は、ブナの古木の根を枕にしていた。木が水を吸い上げる力はすごい、と聴いたことがある。もしかしたら、その吸い上げるときの音が、あの夢の泉につながったのかなぁ、なんて思いつつ、ウイスキーがきいて、また寝てしまった。

すると、またまた同じ夢を見た。

とにかく光る空から、暖かい空気が下りてくる。僕は泉に浸かりながら、それを体一杯に浴びていた。まるで南国の楽園にいるような感じだった。

う〜、あったけーなぁ。

しばらく、気持ちよさに浸っていると、現実の痛みで目が覚める。そんな繰り返しだった。夜中に何度も目が覚めるんだけど、また寝るたびに同じ夢を見た。こんなことは初めてだ。

翌朝、小鳥の声で目を覚ました。気分はわるくない。むしろ、スッキリしていた。寝袋から這い出して、思いっきり伸びをした僕は、ハッとした。そう、肩の痛みがなくなっていたのだ。えっ？半信半疑で肩を触ってみたけど、なんともない。驚いた。

間違いなく、骨折していたのだ。百歩譲っても、一日でこんなに回復するケガじゃない。僕は、キツネにつままれたようにボー然としていた。

しばらくして我に返った僕は、ブナの大木に触れ、夕べの夢を思い出していた。

そうか、この木のパワーが僕を治してくれたんだ！

そう思い込んだ僕は、しばらく木に抱きついていた。知らない人が見たら、おバカそのものだったろうけど、僕は、1時間はそうしていた気がする。

帰りがけ、残ったウイスキーを全部、木の周りに撒いてきた。お神酒《みき》とはいかないけど、精一杯のお礼のつもりだった。

大自然の神秘性には、幾度となく触れてきた僕だけど、パワーといったものを感じたのは、このときだけ。まさに、一度きりである。

たった一度だけど、この体験から、大自然のパワーというものを僕は信じている。

大自然の神が与えてくれた、宝物に出会えたひとときであった。

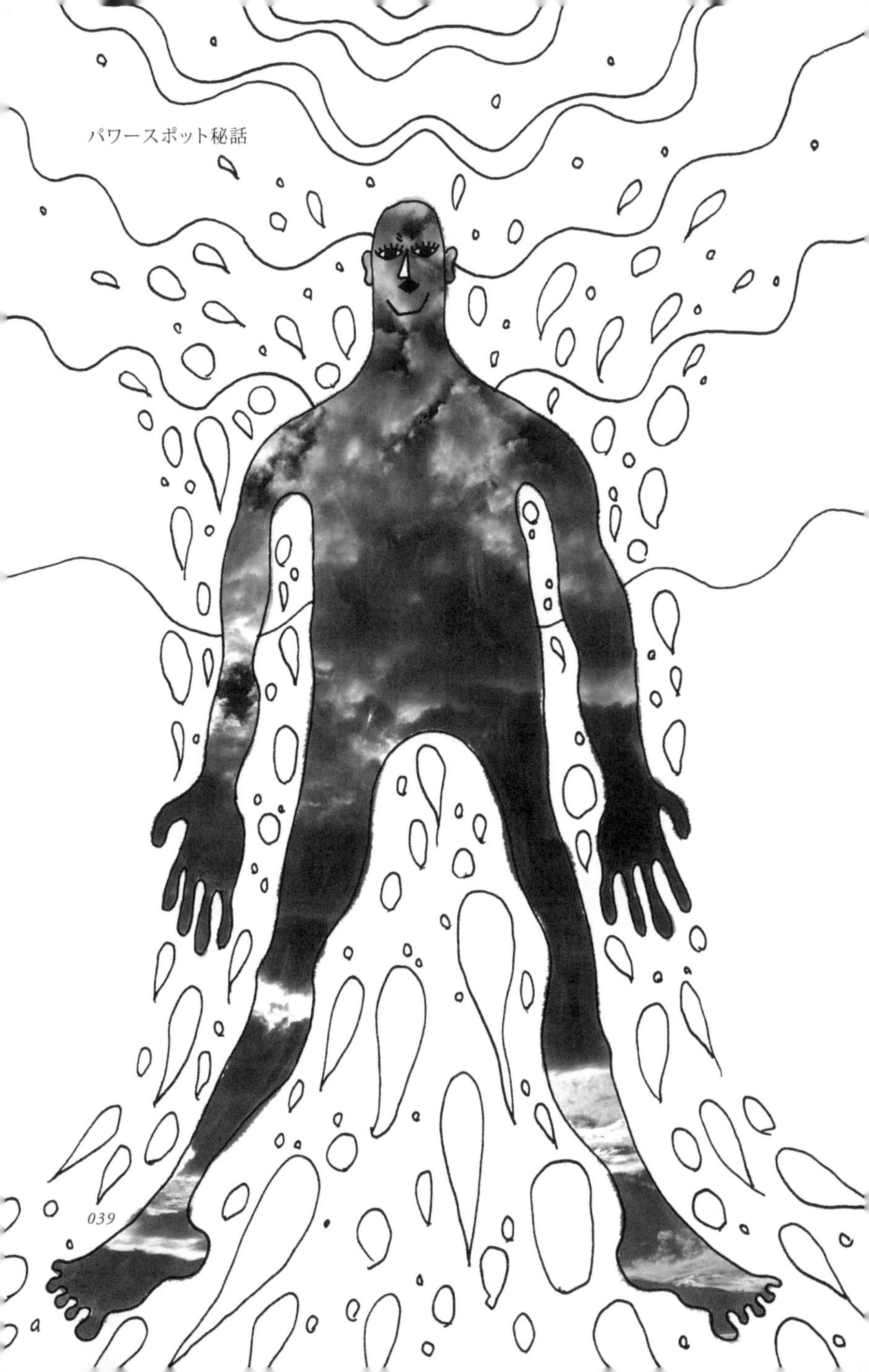

仰天！未来を予見する女性!!

世の中、先のことを見通すってのは、簡単にできるこっちゃない。というより、普通は、まず不可能だ。

つまり、未来を予見できれば、人生が変わっちゃうから。競馬なんかで大儲けできちゃうもんね。まぁ、競馬なんてのは、俗な例えだけど、事故に遭うだとか、ケガをするなんてことも防げちゃうだろうね。

僕は、これまでいろんな霊能力者と言われる人に会ってきたけど、そんな能力を持っている人には、残念ながら会ったことがない。

みな、四代前の先祖が〜〜とか、水子の霊が〜〜なんてことは言うんだけど、未来のことになると明確なことは言わない。決まってお茶を濁す。

「見る」ということに関して言えば、過去よりも、むしろ未来のほうが大事なんだろうけど、その部分をついてくる人に出会ったことは、ないのだ。

ただし!!!

じつは、一度だけ、未来を予見する人に会ったことがある。何年も前だけど、強烈な記憶として残っているのだ。

僕の人生で、一度だけ、未来を明確に予見した人。

それでは、そのときの思い出を語ってみよう。

いまでもそうだけど、僕はたまに「滝修行」をする。

僕のお寺から、そう遠くない場所にある滝で修行をするのだ。時期は特に決まってなく、自分で決めたときに、2~3日ほど山にこもる。そして、一日に数度滝に入り、身を清める。

あとは、徹底して読経三昧に浸るのだ。


このときは、3人で「滝修行」をしていた。

僕とよく滝修行をするAというお坊さんと、その信者のNさんという60歳近い女性だった。

Aさんが言うには、この女性、不思議な力を持っているとのこと。

まぁ、それっぽい人には何人も会ってきたので、さして気にもとめずに、行を共にしていた。

時期は五月の中頃だったと思う。

いくら五月でも、滝の水は刺すように冷たかった。

10分も浴びていようもんなら、唇は真っ青。監視員がいたら、即刻水から上がれと注意されるくらい体に響いた。

水を浴びて、お経を読む。ひたすらこの繰り返しで、一日、二日と過ごしていた。

三日目の朝を迎え、水行も無事にすみ、おかゆを作っていたときだ。

Nさんが、紙に何やら書いていた。味噌汁当番の僕が具のお豆腐を入れていると、「ひぐちさん、これどうぞ」と言って、Nさんから紙を手渡された。

「えっ、な、なんすか」

それとなく手渡された紙を見て、ギョッとした。

そこには、裸の人間がうつ伏せに倒れていたからだ。

「ん、なんですかこれ？　Nさん」

僕は、いぶかしげな目でNさんに問いただした。

「ひぐちさん、水難の相が出てますよ」

と、静かに言う。

「す、水難ですか。いま、無事に水行が終わったばかりですけど……」

「ううん、そうじゃなくて、この先、一週間くらいのことです」

「いまから一週間すか……」

「はい、そうです」

そう言いながら、Nさんは、おかゆをお椀についでいく。

「で、この絵は……」

「はい、その姿が見えたから、書きました。気をつけてくださいね」

と、これまた静かに言う。しかし、その目は、どことなく鋭かった。

「こ、この姿が僕っすか」

はっきり言って、心のどこかで馬鹿にしていた。

修行も無事に済んだし、んなわきゃねーだろう。第一、水難なんて、考えられねーじゃん。

そうは思っていたものの「ありがとうございます。気をつけます」と、お礼はきちんとしていた。

どんな妄想にせよ、僕を心配してくれたのだ。お礼はちゃんと言わなきゃな。

それから3人とも、何事もなかったように、朝の食事をした。


お昼に言葉を交わし合って解散し、僕は修行が終わった安心感に浸っていた。

たった三日でも、苦しい修行だったし、身が清められたという思いに満足していたのだ。

家に戻り、本堂でお経を読んで、無事に終わった報告をした僕は、ふと、Nさんから渡された紙を思い出した。懐から取り出して広げてみる。

改めて見直しても、気味がわるい絵だった。

裸の人間がうつ伏せに倒れている。その横をミミズのような線が縦に書かれていた。

川という意味なのかなぁ。

とにかく、気持ちわるいし、まったくの眉唾という思いから、僕はお焚き上げしようと、それ用の箱に入れた。

お経を読んで、お焚き上げすれば、なんてコターねーだろう。

それで、この紙のことはすっかり忘れていた。


数日後、僕は東北へと旅立っていた。

いつもように、イワナを釣りに、飯豊連峰や朝日連峰に分け入るのだ。

今回は、一週間の予定だ。

五月も終わりに近づいたから、雪シロ（雪解け水）も多くはないだろう。

期待を胸に、一路、東北へと車を駆った。

さて、通い慣れた川に着いた僕は、その様子を見てニンマリしていた。

雪シロも多くはなく、ササ濁りで、釣りにはもってこいだったからだ。

「こりゃ、釣れるゾー」

山道を踏む足取りも軽い。いつしか、鼻歌交じりで、気持ちはノリノリだった。


3時間ほど歩いた所で、釣り場に到着。

早速、釣りの準備をし、ブナ虫を探す。この時期、最高のエサだ。

ようやくして2、3匹見つけ、ブナ虫を針につけ、はやる気持ちをおさえて、第一投。いい場所に、仕掛けが落ちた。特製の仕掛けがゆっくりと流れる。

「よしっ、やるぞ」

ここらで来るな、という場所で、ドンピシャに来た。

よしっ！

僕は軽く合わせて、魚を寄せてきた。

獲物は26㎝ほどのよく太ったイワナだ。

ヨッシャー、いいぞー。

まさにいいスタートが切れた。先行者もいず、イワナの活性も高いようだ。

それからは、ポイントごとに型のいいイワナを抜き出していった。

いい調子で釣りをしていた僕は、すっかり上機嫌。

やっぱブナ虫はいいなぁ。

初夏のいま頃、ブナの葉につくブナ虫は、イワナ釣りの絶好のエサだ。この時期、このエサに勝るものはなし。

イワナたちも、この時期は目を上に向けてブナ虫を待っている。僕は、テンカラのようにテーパーにしたラインを打って、次々に型のいいイワナを抜き上げていった。

よっしゃー、またまたゲットー。今日は、最高だ。

釣りを開始して1時間ほどで、すでにビクの半分は埋まっていた。

ははは、やりーっ。

ひとり小躍りして、喜んでいたら、ポツンと一滴、竿を持つ手にきた。

えっ？　何気なく空を見ると、激しく雲が動いている。

あらら、ちょっとヤバイじゃない。

雨が激しくなる前に、もう少し釣っておこうと、僕は先を急いだ。

天気予報じゃ、雨なんて言ってなかった気がする。

ジョーダンじゃないよー、こんなに釣れてるのにィ。

イワナの出は相変わらずいい。しかし、雨も段々と激しくなってきた。

こんなに水面を叩いたら、釣れなくなっちゃうなぁ。

恨めしそうに空を眺め、様子をうかがうものの、いっこうに弱まる気配がなかった。むしろ、激しさを増してゆく。

くそーっ。

文字通り水を差された僕は、舌打ちしながらザックから雨具を取り出そうとしたときだ。

突然、ドーン！　という音がした。

えっ？　と思って振り返ったら、すでに目の前に濁流が迫っていた。

うわッ、な、なんだーっ！

とっさに山側に逃げようとしたけど、一瞬遅れた。

や、やばいっ！

次の瞬間、僕は濁流にのまれていた。

グワーぁぁぁ。

体がぐるぐる回り、どっちが上だか下だかわからなくなった。

な、なんだこりゃー。

突然のことに、気が動転した。

た、助け……てー。

とにかく必死でもがいた。自分で岸だと思うほうへ全力で泳ぐんだけど、なんせ水の勢いが凄すぎて、どんどん下に流される。もの凄い水流だ。

く、苦しいー。

息ができずに、かなり水を飲んだ。足をバタバタするものの、何も足に当たらない。

と、次の瞬間、肩を何かで打った。

ぐわっ。

激痛が走る。しかし、苦しいほうが勝る。必死でもがいていたら、奇跡的に一瞬、空気が吸えた。チラッと岸も見えた。しかし、次の瞬間また水の中に引きずり込まれた。

ぐ、ぐわー、くそーっ……。

水の中で、僕は先ほど見えた岸に向かって手と足を動かす。少し進んだ気がしたそのとき、今度は胸を強く打った。

ぐわっ、痛っつー。

それで、また苦しくなって、水に流された。目を開けても何も見えない。とにかく、苦しい。グルンぐるん、水の中で、洗濯物のように何回転もした。

ぐ、死んでたまるか……。

水の中でグルグルになりながら、最後の力をふり絞った。もがくように手を広げていたら、何かが手に引っかかった。それが何だったか、まるで覚えていない。とにかくそれにつかまって、必死に岸を目指す。しかし、胸と肩を打っているので力が出ない。

く、くそーっ。

僕は、動かせる腕と足で懸命に水からの脱出を試みた。そのとき、足が何かに当たり、その勢いで岸よりの岩の上に一瞬、体が出た。

し、しめたっ、いまだっ！

僕は、必死の思いで岩にしがみつき、ゴキブリのように岩の上に這っていった。

ぜーぜーぜー……。息がとにかく苦しい。

なんとか岩の上に出たものの、ここはまだまだ危険なので、僕は、最後の力を振り絞って、岸へと向かった。匍匐前進のように這いつくばって、ようやく岸の高い場所に避難することができたのだ。

た、助かったー……。

この間、わずか数分だったろうけど、僕にはとてつもない時間に感じられた。

やった……よかった……。

安心したと同時に、激しくおう吐して、その場に気絶した。

※拙著『釣り坊主、今日もゆく』（山と溪谷社刊）より一部抜粋

しばらくして寒さで気がついた僕は、上半身が裸なのに驚いた。濁流にもまれて、服が脱げたの

だ。釣りベストの下に袈裟掛けにしていたビクもない。

まさに、鉄砲水の凄まじさを語っていた。

そのとき、ハッとした。

こ、この姿は……。

そう、Nさんに言われた「水難」という予言と、書いてもらった絵が、まさに現実のものとなったのだ。

予言が、ドンピシャに的中したのである。

そ、そんな……。

僕は、震えながら、ボー然としていた。

予見通りの水難。まさに、裸でうつ伏せに倒れる僕。

なんてことだ……。あの絵の通りになった……。

予言が的中したことと、現実の寒さで震えも倍増しているようだった。

すべて流されてしまった僕は、寒さに震えながら車まで戻ってきて、いつもの隠し場所からキーを出し、車の中に倒れ込んで、また気を失った。


しばらくして目が覚めた僕は、震える手でハンドルを握り、近くの病院を探し回った。体中痛かったので、運転するのも大変だった。震えがひどいんで、熱が出ているのだろう。

病院が近くにあったことは、幸運というほかない。

気がついたときには、ベッドの上で注射されていた。

「おー、気がついたか。いったい何があったんだ？」

僕の周りには、数人の医者と看護師が立っていた。

どうやら、玄関で倒れたらしい。ちょっとした騒ぎになったというのだ。

僕はひと言「鉄砲水に流された」って言ったら、「て、てっぽーみず……」と言って、全員絶句した。

先生に聞くと、肩と胸を骨折しているらしかった。

重症である。どおりで痛かったはずだ。

最初、病院の入り口で倒れ込んだときは、てっきり僕が事故か強盗に遭ったと勘違いされ、危うく警察を呼ばれるところだったらしい。

照れながら頭をかいたら、手に泥がたっぷりついてきた。痛さを通り越して、いまの自分の姿に赤面したのを覚えている。


それにしても、Nさんの予言は凄かった。

「水難」という言葉だけじゃ、ふーん当たったじゃん、という程度のモノだったろうけど、なんせ、あの「絵」である。

あそこまで、明確に僕の姿を予見するなんて、凄いのひと言だ。

入院中、僕は、一緒に修行したAさんにこのことを報告すると「あのNさんは、凄いだろ。たまにそうしたものが見えるらしいんだよ。不思議だよなぁ」と、感心していた。

まったく、不思議な話である。


僕が未来を予見した人に出会ったのは、このときだけである。

あれ以来、Ｎさんには会っていない。

本当は飛んでいって、Ｎさんに詳しく予見について聞きたかったけど、なんとなく、そうしちゃいけないんだ、と心のどこかにブレーキをかけられ、会わずに終わってしまった。

これで、いいんだと思う。

仮に、追求したところで、何も得るものはないだろう。

これはＮさんだけの、能力なんだから。


Ａさんによると、このＮさん。そうした能力をお金儲けには一切使ってないのだと言う。

神様も、ちゃんと人を見ているんだなぁ、と感じ入ったものだ。

釣り場で遭遇したオットロシー恐怖体験!!!

なんつっても、職業柄か知らないけど、僕はやたらとオットロシー目に遭う。これまで釣り場で遭遇した恐怖体験、心霊体験は数知れず。

もう、やめてー、勘弁してくれー、って、いつも思うけど、なかなかやめられない。

一種の性癖みたいなものか?

怖いけど、蜜の味……。

ではでは、そんなオイラが体験した、山における恐怖体験をたっぷりと語ってみましょう!!!

稜線上の5人

あれは、谷川岳のオキの耳からトマの耳の稜線を、ひとりで歩いていたときのこと。

前年、友人と、一ノ倉南稜を完登したので、今年は第三スラブをやろうということになり、その下見を兼ねての山行だった。

気分よく歩いていると、突然、ものすごい霧が湧き上がってきた。

うわっ、なんだこりゃー。

面食らった僕は、思わず立ち止まった。

下手に歩いてブチ落ちちゃかなわない、というくらい濃い霧だった。

参ったなー、こりゃー。

しばらく立ち止まっていると、これまた突然、霧の中から人が現れた。

うわっ！　思わず声が出た。

とにかく驚いたのなんの。

まったく気配なしに、いきなり霧の中から出てきたのだ。

おいおい、この人たちはこんな濃い霧の中を歩いてきたのか？

端によけて立ち尽くしていると、その一団は音もなく僕の横を歩いていった。

僕は「こんにちは」と愛想よくあいさつをしたのに、彼らは無言。

狭い稜線を端によけてもらってんだから、せめてあいさつのひとつくらいあってもいいんじゃない？

ちょっと憤慨して彼らの目を見て、固まった。

それは、まさに、虚空を見つめる目。その目から生気はまったく感じられなかった。

げげっ……。

5人のパーティだった。年齢は、30～40代。男3人、女2人。

その顔は、はっきりと覚えている。

強烈だったのは、彼らが通り過ぎて、すぐに霧が晴れたことだ。まさに、一瞬にして目の前が明るくなった。まぶしさに顔をしかめ、彼らのほうを見ると、なんと、どこにもいなかった。

えっ？　何？

はるか遠くまで見渡せる稜線に、人っ子ひとりいなかったのだ。

な、なんだ、あの5人はどこへ行ったの？

もちろん、落ちたのでもない。真横で5人が落ちれば、いくらなんでもわかる。確認のため下を見たけど、そんな様子はなかった。

僕は彼らが歩いて行ったほうを見つめ、しばらくボー然と立ち尽くしていた。稜線上には、何事もなかったかのように穏やかな陽が注いでいる。

いまのは、なんだったんだ？

僕は静かに目をつぶり、いつしか合掌していた。


僕のオットロシー体験は、結構、この霧とリンクしていることが多い。

次の体験も、霧が介在しているのである。

それも、とても、深い霧が……。

滝壺へと向かう足跡

東北の渓流を、我モノ顔で釣り歩いていた頃の話だ。

いまから20年ほど前、僕は、年間100日以上、山の中で暮らしていた。山登りと釣りに熱中していたのだ。そりゃ、もう、すさまじいばかりの入れ込みようだった。

おそらく、朝日連峰、飯豊連峰の渓流は、すべて魚止めまで征服したと思う。特に八久和川《やくわがわ》は、小さなものを含めて、すべての支流を極めた。およそ、5年がかりだった。

釣ったイワナは数知れず。しかし、三途の川を渡りかけたことも、何度もあった。岩からブチ落ちたり、鉄砲水に流されたり、道迷い遭難をして、餓死寸前になったりと、そりゃもう、キリがない。源流で足が岩の間に挟まり、一昼夜、前のめりで過ごした、なんて間抜けな体験もした。

いま思うと無謀を通り越していた。生きていることが奇跡みたいなもんだ。

でも、神様にもう一度あの時代に戻してもらえたら、絶対同じことをするネ。バカは死ななきゃ治らない、のである。

その日も、いつものようにフライに集中し、気持ちよくイワナを抜き出していた。調子のいいときは、一日釣って60〜70匹は上げた。ま、天気次第だけどね。

職漁師直伝のフライに、おもしろいようにイワナが反応する。当時は、この直伝のフライを含めおよそ3種類のフライでイワナに対峙していた。それだけで充分だった。

魚籠《びく》がやや重くなりかけた頃、突如、霧が湧いてきた。

うわっ？　なんだ？

もう、目の前の瀬まで見えないくらいの濃い霧に閉口し、手を止めていたら、スッと霧が晴れた。

はぁ？

霧が出たのは、一瞬であった。なんか、キツネにつままれたようである。それでも気を取り直して、ロッドを振ろうとしたとき、思わず、あっ、と声が出た。

なんと、対岸に人がいたのだ。さっきまでだれもいなかったのに、いきなりその人は現れた。

えっ……？

さらに驚いたのは、その人の服装。なんと、背広だった。

えーっ？

じつは、ここは僕でさえ、一日かけて山を越え、さらに川通しに一日歩いてようやくたどり着いた最奥部。つまり、とっても深～い山の中である。あんな格好で、来られるわけがなかった。

おいおい、なんだよ……。

目をまん丸くして、その人を見てると、何やら上流に歩き出した。

その際、靴が見えた。

革靴……？。

もう、言葉もなく、その人を見続けると、しばらくして川が蛇行し、視界から消えた。

僕はゆっくりその人のあとを追い、姿が見えなくなったカーブに来て、絶句した。

滝……。

そう、そこには、デカイ滝が待ち構えていた。

付近には、あのおじさんの足跡がくっきりとついていたが、なんと、その跡は、滝ツボへと続いていたのだ。

あちゃー、これだよー。

まぁ、あんな格好でいること自体、尋常じゃないので、多分そうだろうとは思っていたけど、案の定、あちらの世界の方だと知り、力が抜けた。

念のため、淵の中や付近を探してみたけど、やはりおじさんの姿はどこにも見当たらなかった。

山奥の、そのまた奥で、こういう体験をすると、一気に疲れる。逃げ場がないから、どうしても気丈に受け止めようとする。そこに、気力、体力を使うのだ。

足跡が消えていった滝壺は、絶好のポイントだったけど、もちろん釣りなんぞする気にもなれず、ショボショボと川を下ったのを覚えている。テン場（キャンプ・サイト）についてからも落ち着かず、焚き火をしながら、ひと晩中まんじりともしなかったもんだ。

霧についてはまだある。

突如として現れた船団

ある磯で、石鯛を狙っていたときのこと。

早朝からの釣りに疲れを覚え、ウトウトしていたら突然のデカイ音に飛び起きた。

見ると、目の前は深い霧におおわれていた。先ほどまでは、そんな気配はまるでなかった。

何事かと霧の中を凝視していると、霧の晴れ間から、なんと船団が現れた。

そう、船団である。

な、なんだ、なんだ……。

僕は立ち上がって、その不思議な光景に見入った。よく見ると、何かがおかしい。とても違和感がある。しばらく観察して、その違和感の正体がわかった。

それは、彼らの服装だ。とても古風ないでたちなのだ。しかも、船もとても古いものに感じた。

キツネにつままれたように固まっていると、先頭のひとりが大声で叫んだ。そして、ドラみたいな音が続いた。

ぎゃー……。

思わず後ずさりして、尻餅をついちゃった。

先頭の男は叫び続ける。

ウオー、ウオー、と聞こえる。

そして、再び霧の中へと消えていった。

その間、わずか数分だったろう。そして、彼らが消えていったのと同時に、霧がスっと晴れた。

海にはひと筋の航跡すらない。あとにはまぶしい陽光が顔をしかめさせるのみだった。

なんだったんだ、いまのは……。

僕は周りの磯を見回した。遠くの磯に、何人か釣り人がいる。彼らもいまのを見ただろうか？

答えは船宿に戻ってから判明した。彼らは何も見ていなかったのだ。叫び声やドラの音なんかまったく聞こえなかったという。

船長に彼らの特徴を言い、心当たりを聞いてみたけど、これまたなんの心当たりもないとの答え。

僕は早朝に上げた石鯛のことなんかすっかり忘れ、答えを探ろうと思いを巡らしていた。


このように、どの体験も、霧が介在しているのだ。霧とミステリー体験とは、なんらかの関係があるように思えるのだが、次に述べる強烈な体験は、霧なんかまったく関係なかった。

3人の登山者

これも、東北の渓流での体験。

山に入って3日目。

僕は、釣ったイワナを焼き枯らしていた。まぁ、これは燻製みたいなもんで、いわば保存食。なんつっても、一回の釣行で2~300匹は釣る。それを持って帰るには、これしか方法はなかった。これも職漁師の方から教わった方法だけど、重量も軽くなるし、保存もきいて、一石二鳥なわけで、手間はかかるけど、いつも夜遅くまで焼き枯らしていた。

ウイスキーをチビチビやりながら、焚き火に薪を足したりしていたときだ。突然、暗闇から人が出てきた。

うわーっ!

思わず、叫んじゃった。

まさに突然で、それまで人が近づいてくる気配などまったくなかったから、僕は度肝を抜かれた。

少し落ち着いて、彼らを見ると、人数は3人。格好からして、登山者だった。

デカイ声を出した僕は、恥ずかしさから「こんばんは」と、小さな声であいさつした。

すると、いちばん後ろの人が、軽く会釈をしてくれた。

「こんな夜遅く、山ですか?」

こう聞くと、やはり、先ほどの人が、うなずいた。

「よかったら、イワナで、一杯やりませんか?」

何気なく誘ってみたけど、素知らぬふりで、歩を進める。彼らがウイスキーを飲んだかも、という記憶もあるけど、はっきりしない。

先頭を歩く人の目は、どこかうつろ。真ん中の人も表情がなかった。ただ、頬だけは以上に黒かった。それは、日焼けというよりも、むしろ墨を塗ったように感じた。

そのとき、彼らの装備、服装が、真冬バージョンなのに気づいた。防寒着をこれでもかってくらい着こんでいる。

いまは、7月。

どうみても、暑すぎる。

な、なんかやばいなぁ……。

異様な空気が、その場を支配する。時間にすれば数分だったろうが、異常に長く感じられた。

去り際、後ろのふたりの名前が、ザックから読み取れた。僕は、なぜかそれを忘れまいと、しっかりと頭に刻み込んだ。

彼らは何事もなかったかのように、闇に消えていった。

はぁ……。

毒気に当てられた僕は、すっかり力が抜け、ウイスキーをかっ食らって寝た。

あー、くわばらくわばら。また、あちらの方々じゃねーのー？　だいたいいまの時期、あんな格好で、しかも夜、山登りなんかするわけねーもんなぁ。

ブルっと、悪寒が走った。

景気づけに、焚き火を多めにし、酒の力を借りて眠りについた。

釣り場で遭遇したオットロシー恐怖体験!!!

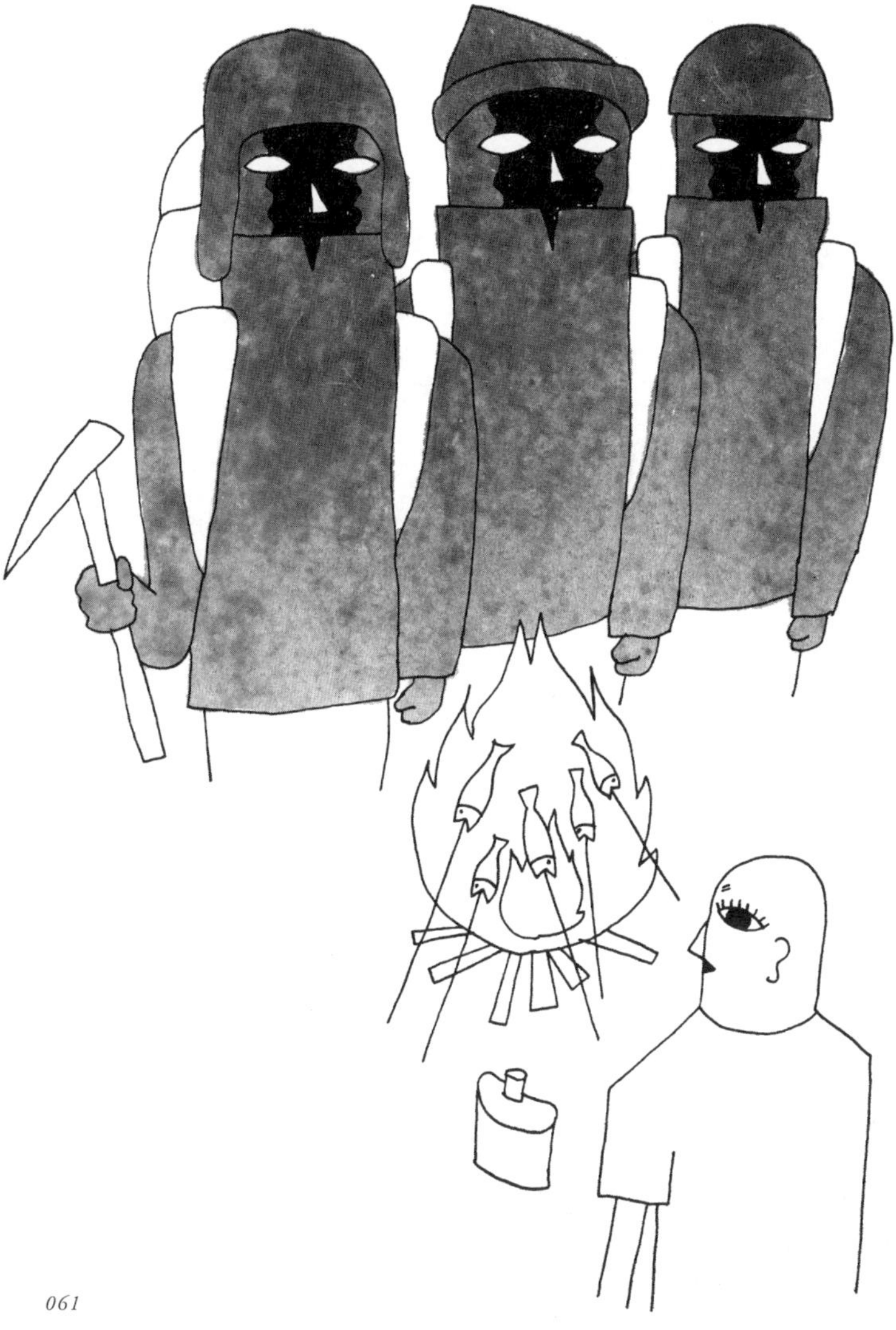

次の日も天気はよかった。昨夜のことがあるので、多少寝不足だったけど、釣竿を握ればスイッチが入る。

昼飯分の握り飯を作って、出発した。

1時間ほどで昨日釣りをやめた場所まで来たので、今日はここから勝負だ。

やや渇水気味だったので、アリに模したフライを結び、ポイントに投入した。

すると、なんと一発でヒット。それも八寸を超えた良型だった。

ヒヒヒ、今日もいいぞー。

今日の爆釣を予感させるイワナを見つめ、ひとりニンマリしていた。

予想通り、それからは入れ食いだった。淵からも、瀬からも、おもしろいようにイワナが飛び出した。年間を通してほとんど釣り人が入らないここらは、いわばイワナ釣りの桃源郷だった。30年ほど前には、北海道だけではなく、本州でも、源流の最奥部へと行けば、こうしたイワナの桃源郷はいくつか存在した。

もちろんいまでもあるんだろうけど、この十数年、源流釣りから遠ざかっている僕には、確認のしようもない。

魚籠もすっかり重くなり、少し早目のお昼をとった僕は、上機嫌で一服つけた。

この頃の僕は、一日に5、6本のタバコを吸っていた。朝とお昼に1本。

そして、夜、ウイスキーを飲みながら、3、4本まとめて吸うのだ。

頭がクラクラして気持ちいい。レロレロになって、グターっと寝るのが常だった。

おにぎりを食べ、休憩をしてから腰を上げた。

気持ちに余裕があったので、午後は新しく考案したフライを試してみることにした。

アリほどじゃないけど、新作フライもそこそこに効果があり、ぼちぼちとイワナを釣り上げ、いつものペースで川を上っていた僕は、ある大きな岩の前で足が止まった。

岩に何か埋め込まれていたのだ。よく見ると、それは遭難プレートだった。気になってそばまで近づき、次の瞬間、固まった。

そこに、ゆうべの方々の名前があったからだ。ある程度予想していたとはいえ、やはり、山奥でこういう経験をすると、とても寒い。

プレートによると、遭難は2年前の2月。雪崩が原因だった。

先頭を歩いていた人の名前もわかった。

やっぱし、彼らは、あちらの世界の方々だったんだ……。

しばらく、プレートを見つめて固まっていた。

ようやくして、正気を取り戻した僕は、3人の名前をメモした。

後日、お寺に帰ってから、お塔婆を書いて供養してあげようと思った。きっと、そうしてほしくて、僕のところに出てきたような気がしたからだ。

※『釣り坊主がゆく』『釣り坊主、今日もゆく』（共に山と渓谷社刊）より一部抜粋

以上、いくつか印象に残ったミステリー体験を述べてきたけど、これらはほんの一端に過ぎないのである。おそらく、この数倍は不思議な体験をしてきた。

こう書くと、それこそ、年中ミステリー体験をしているように思われるけど、これまで千日以上

を山の中で過ごしてきた僕には、そう多くはない確率なのかもしれない。

そんななかで、ちょっと変わった体験もあった。直接目視したものではなく、「目」以外の五感で体験したものだ。

これらも、とてもミステリアスな体験だったので、ちらっと述べてみよう。

強烈なにおい

珍しく、北関東の山奥でビバークしていたときのこと。

夜、ウトウトしていると、遠くから音がしてきた。なにやら足音に似たリズムがあった。その音が僕のテントに近づくと、テントの周りを回り始めた。

気持ち悪いなぁ。

ウイスキーを飲んで、トロトロしていたので、外に出るのも億劫で、しばらく中で様子をうかがっていた。

その足音みたいなものは、止む気配がない。

ガサガサ、バサバサと聞こえた。

「オイッ、コラッ！」

思い切って、怒鳴ってみた。

一瞬音は止んだけど、また、すぐに始まった。

ガサ、ガサ、ガサ、と、草を踏む音が続く。

業を煮やし　枕元からヘッドライトを取り出し、勇気を出してテントの外に出た。すると、音も止んだ。

なんだったんだ?

ライトで周りを照らしても、何もいなかった。

くそーっ、またいつもの、あちらの世界の方に、いじられたのかなぁ。

気を取り直し、テントに入ろうとして、ハッとした。

強烈な香水のにおいがしたからだ。嗅いだこともないキツイにおいだった。

うわっ、なんだこのにおいは?

あたり一面、においが充満し、しばらく消えなかった。もう一度ライトで照らしても、周りには女性などはいなかった。

くっせー、きもちわりーなぁ。

嗅いだことのない、しかし、とても強烈な香水のにおいに、目がすっかり覚めてしまった。

仕方なくテントから這い出し、景気づけとにおい消しのため焚き火を起こし、ウイスキーを飲み直した。ほろ酔いになっても、気持ち悪くてしばらく寝つけなかったのを覚えてる。

まだある。

今度は「音」だ。

地図にない……

白神山地で道に迷い、彷徨の末、たどり着いた池。

不思議な池だった。

夜になると、すごい音が地面の奥深くからする。

「ぐおーっ、ごーんごーん」

でかい錆だらけの歯車が回っているような音。

それがふた晩続いた。

遭難中の身なので先を急ぎ、音の正体を見極めることなく、池をあとにした。

池から10分ほど歩いたところで、ナイフを忘れたことに気づいた。お気に入りのナイフだったので、めんどうくさかったけど引き返した。ところが、いくら探しても池が見つからない。明らかにいま歩いてきた道なのに、池がないのだ。

んな、ばかな……。

1時間近く探し回ったけど、結局見つからなかった。

あきらめて下山を開始し、ようやくたどり着いた集落。

ホッと胸をなでおろし、一服していると、村の人と行きあった。立ち話をし、例の池のことを聞いてみたけど、「そんな池は知らねーなー」というそっけない答え。

後日、調べると、地図にも載っていなかった。

お気に入りのナイフとともに、消え去った池。

その後、僕は、彼の地を訪ねてはいない。

これらの体験で共通するのは、どれも、とても寒くて、疲れた、ということだ。心が１００mダッシュを10本くらいやったって感じである。

ただし、不思議に、恐怖心はそんなに起こらなかった。だから、その後も山に再び行けたんだと思う。

お寺で生まれ、育ったことが、こうしたことへの多少の免疫になっていたのかもしれない。

本当に怖いのは、生身の人間である。

山奥で、生きている人間（笑）に会うと、とても怖い。

薄暗がりの中、山道を歩いていて、遠くから人が歩いてくると、得体の知れない恐怖に駆られることがある。

また、東北の源流で、男性の自殺志願者を、ひと晩かけて説得したときは本当に疲れた。一睡もせずに朝を迎え、ちょっとひらめいてイワナ釣りをさせてみたら、急に元気になった。尺イワナを釣ったときは、すっかり元気な若者に戻っていた。なけなしのお金を渡して、麓まで送っていった帰り、寝不足で山道を踏み外し、あわや滑落の憂き目に遭ったもんだ。

あちらの世界の方々は、こんな世話を焼かせない。

ちょっぴり不思議だけど、とってもできた方たちなのである。

世にも不思議な体験

前項では、山や釣り場における恐怖体験を語ってみたけど、考えてみれば、僕の職業であるお坊さんという場における不思議な体験も、ハンパじゃなかった。

やはり、それを語らなきゃ、中途半端じゃないの？　という思いで、ここでは仕事上に出くわしてきた不思議な体験を語ってみよう。

心して、読んで下され。

見知らぬ女性

その相談がきたのは、秋も深まった11月頃だったと思う。

「とにかく、来てくださいっ」

信者のおばぁちゃんは、半泣きで訴えた。

「わかりました、明日の午後、うかがいます」

僕はそう言って、電話を切った。

ふ～、参ったね。ため息が出た。電話の内容は、おばぁちゃんの家で、毎日心霊現象が起きるというモノだった。それも、ただ事じゃないらしい。夜中に、寝ていられないくらいの音がしたり、金縛りは毎日で、ときには家の中のモノが勝手に動くというのだ。

正直、僕はこういう相談事が好きじゃない。第一、気味がわるいし、怖い。こうした魑魅魍魎に対する修行はしてきてはいるけど、やっぱし、いやなモノはいやだ。

でも、基本的に、何か訴えたいことがあるから、そういう事象が起こるんだ、という考えを持っているので、その正体を見極めて、供養してあげることはイヤじゃない。

今回も、きっと何か訴えたいことがあるに違いない。ま、それを見極めてやろう。

僕はお祓《はら》いの道具を点検し、明日に備えた。


翌日、僕はおばぁちゃん家《ち》に向け、ハンドルを握っていた。

おばぁちゃん家に行くのは初めてで、ナビが頼りだった。1時間ほどでなんとか到着した僕を、家の前でおばぁちゃんが出迎えてくれた。

「どうもー、遅くなりましたー」

「いやー、お上人さん、わるいねぇ。ほんと、ありがとう」

「いやいや、おばぁちゃんも大変でしたねぇ」

おばぁちゃんの肩に手をあて、家の中に入った。

玄関から入るとき、何か異様な雰囲気を感じた。視線のようなものを感じるのだ。

居間に入り、お茶をいただきながら、おばぁちゃんの話を聞く。

延々と、ラップ現象のようなことが語られる。その間、僕は家の中を見回した。

すると、台所の窓から人がのぞいてた。30代くらいの女性だった。暗くて顔の表情まではよく見えなかった。

僕は、娘さんだと思い、軽く会釈した。

さて、ひと通り話が済んだので、各部屋を見て回ることにした。話だけじゃ、伝わらないものがあるもんだ。

一階をすべて見終わり、今度は二階へと足を運んだ。

各部屋をていねいに見ていたら、ある部屋に女性がいた。ベッドに腰かけて、前を見つめていた。

「あ、どうも、すみません」

失礼を詫び、そっとドアを閉めた。

なんだ、おばぁちゃんも、娘さんがいるならいるって、言ってくれりゃーいいじゃん。

そう思いつつ、そういえば、さっき窓から僕を見ていた人だと気づいた。

「おばぁちゃん、娘さんがいるんだね」

僕は部屋を指でさし、後ろにいるおばぁちゃんに話しかけた。

「何を言ってんだね、ここは私の部屋だよ」

気色ばんで、おばぁちゃんが言う
「だって、いま……」

慌ててドアを開けるも、だれもいなかった。

あれ？　なんだ？

「おばぁちゃん、さっきは確かに……」

そう言いかけて、おばぁちゃんの向こうの窓を見て、絶句した。

なんと、さっき部屋にいた女性が窓の外に立っているのだ。

「お、おばぁちゃん、あの人、ほらっ」

「えっ……」

おばぁちゃんが振り向いたときには、すでに女性はいなかった。

僕は窓に駆け寄って、急いで開けて周囲を見回したけど、それらしい影も見つからなかった。


あちゃー、あちらの人か……。

数々の心霊現象の原因はわかった気がした。あの女性が起こしているのは間違いない。

しかし、人相、年格好を言っても、おばぁちゃんには心当たりがないという。娘さんを亡くしたこともなきゃ、親戚にも、それに似た女性はいないというのだ。

うーん、どういうことだろう。

考えていたら、とつぜん、部屋が揺れた。

地震かっ！

その揺れはすぐにおさまったけど、今度はすごく冷たい風が窓から吹き込んできた。

うわっ、なんだこりゃー。

経験したことのない冷たさだ。

「よく、こうした風が吹き込んでくるんですっ」

おばぁちゃんが叫んだ。

僕はブルッと震えて、身構えた。参ったのだ。滅多に僕の目の前でこうした現象が起きたことがないから、一気に緊張度が高まった。

「大丈夫っすよ、おばぁちゃん。大丈夫」

自分に言い聞かせるように言った。

すると、今度は電気が点滅を始めた。点いたり、消えたりするのだ。

「ほら、よくこうなるの」

おばぁちゃんが言う。

とにかく、おばぁちゃんの肩を抱き、数珠を握りしめつつ、現象を見守った。

ようやくして、点滅も終わり、その後は何も起こらなかった。

ふーっと、深い息を吐く。

なんだったんだ、いったい……。


僕には、神通力もなければ、霊能力もない。だから、こんなとき、できることはたったひとつだ。

「おばぁちゃん、お経を読んでみます」

「そ、そうですか」

「はい、とにかく、やります」

僕は用意してきた道具を出して、その場で、1時間お経を読んだ。お清めという意味じゃなく、供養するという意味合いでだ。

おそらく、供養してほしいんだろうと、感じたからだ。

だいたいにおいて、霊がいたずらをするために出てきてるってことはあり得ない、というのが僕のスタンス。生きている人間を驚かすなんて子どもじみたことをするはずがない。

供養してほしいから、そういう事象を起こして訴えている、というふうにとらえているのだ。

「これで、大丈夫ですよ。きっちりお経も読んだし、充分供養しました。ま、間違いなく霊現象はおさまるでしょう」

「そ、そうですか。あー、よかったよ」

おばぁちゃんは、心から安心してくれた。


僕らの仕事は、まず、人々に安心を与えることだと思っている。いたずらに恐怖をあおってはいけないのだ。ただでさえおびえているのに、お坊さんに「あんたの水子がたたっている」とか「四代前の先祖がたたっている」だとか言われれば、恐怖心は倍増する。

いたずらにおびえさせてはいけないのだ。

それがわかるほどの霊力を持っているなら、わざわざそれを言って恐怖をあおる前に、自分ひとりで処理すればいいのだ。

よくわからないけど、こうしたことを商売にする輩が増えていて、そういう連中がいろんなことを作り上げていると思う。

僕は、先祖がたたる、水子がたたる、という考えは持っていない。だいたい、自分のかわいい孫やひ孫をたたる、なんて仏様がいるわきゃーないのだ。

なんつっても仏様である。我々よりもできた方が、そんな俗悪な行為を行なうわけがないのだ。

これは、自分の体験から得たものである。

しかし、ごくたまに、供養が足りない方がいらっしゃるのは確かだ。そうした方々が供養してほしくて、諸所の現象を起こしているに過ぎない、と思ってる。

いたずらに騒ぎ立てることではないのだ。

きちんとお経を読み、供養をすれば済むことだ。


「じゃー、おばぁちゃん、これで帰りますけど、もう安心してくださいね」

「あぁ、ありがとうございます。本当にありがとう」

僕はおばぁちゃんの手を握ってから、その家をあとにした。

以来、おばぁちゃん家で心霊現象は起きてないという。まずは、ひと安心だ。供養が通じたという思いで、肩の荷が下りたのだ。

僕を見つめる男の人

これは、地方にお経で出張に行ったときの話。
○○県の信者さんからお経を頼まれた僕は、仕事を終え、ホテルに着いた。
ここは家から離れているので、無理をせず、その日はビジネスホテルに泊まることにしたのだ。

部屋に入った僕は、仕事の疲れと無事に終わった安心感とで、ベッドで横になると、ウトウトしてしまった。

フト、寒くて目が開いた。何やら冷たい風が部屋に充満している。

うー、さみー。

季節は春だったけど、異常に寒い。暖房を入れようとして、ハッとした。

入口にだれかいる気配を感じたのだ。

さっとベッドから体を起こし、身構えた。

だ、だれだっ。

気持ちを奮い立たせて、叫んだ。強盗かもしれない。

しかし、だれも出てこない。壁があって、入口のほうが見えない間取りだった。

僕はそ〜っと入口に近づく。緊張が走った。

しかし、そこにはだれもいなかった。トイレを開けても同じだった。

なんだ、気のせいか。

ホッとして、ため息をついた。

疲れているんだな。時計を見ると、7時を過ぎていた。2時間ほどトロトロしたようだ。

僕はコートを着て、夕食に出た。

幸いホテルのすぐ横に居酒屋があったので、そこで一杯やりながら地の肴を楽しんだ。

焼酎を4〜5杯飲んですっかりいい気分になった僕は、コンビニに立ち寄り、ゴルフ雑誌を買って、部屋に戻った。

風呂を入れながら、ゴルフ雑誌をペラペラめくっていたときだ。

また気配を感じた。入口のほうにゆっくりと視線を向ける。

しかし、だれもいないようだ。

なんだ、この部屋は……。

まいったな、と思いつつ、窓をなんとなく見て、ギョッと固まった。

窓に部屋の入口が写っていて、そこに男が立っていたのだ。

うわっ！

声に出して、叫んだ。

だ、だれだーっ。

ゆっくりと入口に近づいたものの、やはりだれもいなかった。全身が総毛立ち、鳥肌が立っていた。

あれは、間違いなく男の人だった。中年の細身で、神経質そうな表情が目に焼きついている。

ふーっ、まいったなぁ。

力が抜けた体に気合を入れ、熱い風呂に入った。気持ちがわるいので、ドアは開けっ放しにしていた。

風呂で汗をかいて、少し落ち着いた僕は、ベッドで横になった。もちろん、入口が気になって仕方なかったけど、いまさら部屋を変えてくれとも言えないので、ちょっと開き直っていた。

まぁ、出たら出たときだ。

山の中での霊現象のときもそうだけど、僕には、開き直る、という特技があった。この心境にいたるまでは時間がかかるけど、ひとたび開き直ると、ちょっとタフになれる。この心境になれば、シメたものだった。

ま、寝よう。

腹を決めて、寝た。なんか起きたら起きたで、そのときだ。酒の余波もあり、わりと早く寝つけた。

だが、案の定、夜中に目が覚めた。寒さなのか音なのかはっきりしないけど、起こされたのだ。

さぁ、来たな。見届けてやるよ。

体を起こして、何かに備えた。

すると、暗闇の中から、壁越しに顔が出てきた。暗いから輪郭しかわからないけど、確かに人の顔だ。

枕元に置いておいた数珠を握り締めた。

しばらく、見つめ合う。

あんた、お経を読んでほしいんだね。

声をかけてみた。

顔は微動だにしない。

供養してほしいんでしょ。

もう一度、声をかけた。

返事がない代わりに、すっと顔が消えた。気配もなくなっていた。

ふー、やっぱり供養だろうなぁ。

深呼吸した僕は、ライトを点け、衣に着替えた。

時計を見ると、真夜中の3時。

ほっぺたを軽くパシパシやってから、小さい声でお経を読み始めた。

1時間ほどお経を読んで、お湯を沸かしてお茶を飲む。

気持ちは、落ち着いていた。

これで、供養ができたかなぁ。

お茶をすすっていると、枕元のライトが2回点滅した。

おっ……。

僕はお茶を置き、入口のほうに向かって手を合わせた。

無事に成仏してくださいね。

外を見ると、遠くのほうから明るくなりかけていた。

日が昇るまで、しばらく外を眺めていたもんだ。


ここまでは、まさに、恐怖の体験を述べてきたけど、ここで、ちょっと心が和むような不思議な体験を語ってみよう。

怖いばかりじゃ、疲れるし、肩がこるもんね。

摩訶不思議な体験というのは、決して怖いばかりじゃないのだ。

最後に、ミステリアスだけど、ちょっぴり楽しいエピソードをご披露申し上げ、本項の結びにしたいと思います。

神様と遊ぶ子どもたち

数年前、お隣の長野県に住む女性の信者さんから、ある依頼を受けた。その依頼というのが、なんとも珍妙なものだった。

「うちの子が、神様を見て楽しんでるんです。なんとかしてください」である。

「はぁ？」

思わず聞き返した。

「うちの子が、神様と遊んでるんです。どうしたらいいでしょう」

「えっ？　えー……」

電話口で吹き出しそうになっちゃった。でも、そのお母さんは必死で何回もそう訴えるのである。普段から冗談を言う人ではないし、あまりに真剣なのでほうっておくわけにもいかず、僕は「なんとかしてみましょう」と受諾したものの、キツネにつままれたような思いを払拭できずにいた。

依頼では、とにかく家に来てくださいと言うので、数日後、ナビを頼りに出かけていった。それにしても、神様を見て楽しむっていったい……？。

想像はつかなかったけど、まぁ、例のごとく、気のせい、勘違いの類《たぐい》だろうとたかをくくって鼻歌交じりだったことは確かだ。

ようやくして、その家に着くと、お母さんが出迎えてくれた。

「遠くからお疲れ様です。ひとつ、よろしくお願いします」

「は、はい。がんばってみます」

生返事をしながら家に入った。居間に入ると、いたいた、元気のいい双子の男の子たちだ。

「こんちはー、げんきー」

「こんにちはー」

ふたりそろっていい返事だ。確か今年で5歳になる双子ちゃんだ。見たところまったく普通にミニカーで遊んでいる。

「普通に遊んでますねー」

出されたお茶をすすりながら、お母さんに話しかけると「えぇ、でも、突然、変なことを言い出すんです」と、言う。

「変なことねぇ……」

しばらく観察していたけど、変わった様子もないので、少し油断して新聞に目を通していたときだ。突然ひとりが「あっ、きたきたー」と言って手を振りだした。するともうひとりも「神様のおじちゃん、こんにちはー」と元気よく叫んだ。しかし、である。ふたりが視線を向けたところにはだれもいないのだ。

「神様のおじちゃん、今日も追いかけっこしよう」

そう言うと、ふたりはキャッキャ言いながら、家の中を走り出した。僕はただボー然として、その光景を見つめていた。

「こ、これですか?」

「はい、そうなんです。いつもあーして、神様っていう人と会話をしながら遊ぶんです」

困惑するお母さん。僕は動揺を見せまいと、必死で平静を装った。

しばらくすると、今度はふたりともさっきの場所に座って、またミニカーをいじりだした。そして、見えざる来訪者と会話を交わしてる。

僕は思い切って「ねぇ、〇〇君、神様のおじちゃん、どこにいるの？」と、聞いてみた。「ここ」と、彼は自分の横を指差した。僕はもうひとりに「いま、神様、どんなかっこうしてるの？」と聞くと「エーとねー、頭になんかかぶって、大きなおなかをさすってるよ」。するともうひとりが「おなかかゆいの？」と、そのお方がいるであろうほうを向いて聞いた。

ふたりとも、同じものが見えてるんだ……。

僕は、ここにいたって、これは本物だ、と感じていた。で、さらに質問を続けた。

「ねぇ、その神様に、名前を聞いてみて」と頼むと「うんとねー、だ・い・こ・く・て・ん・だって」。

「だ、だいこくてん……」。大黒様である。細かく衣装を聞いてみると、やはり間違いなく、世に伝わっている大黒様そのものである。

お母さんに「この家に、大黒様は祀《まつ》ってありますか」と聞くと、「いいえ、祀ってありませんし、いままで見たこともないと思います」と言う。

正直、腰が抜けそうだった。

その後、一時間ほどその場で観察していた。

細かいことは書ききれないので割愛するが、とにかくふたりは間違いなく同じモノを見、そしてその人と遊んでいた。そのことは確かである。

おもしろいことに彼らの見る大黒様は、テレビを見たり、ソファーに横になったりするという。そして「あ、神様のおじちゃん、帰るの?」とひとりが言うと、「じゃーまたねー」ともうひとりが手を振った。神様は寂しそうに手を振って窓から出ていったそうだ。

このとき、僕は小さい頃に山で見た天狗を思い出していた。その鼻のとても高いおじちゃんは、僕が犬と山に入るといつも木の上から僕らを見て、笑っていたのだ。そのことをおばぁちゃんに言うと、「そりゃオメー、天狗様だよ」と教えられた。僕らと一緒に遊んではくれなかったけど、山に入り「天狗のおじちゃん」と叫ぶと、木の上に現れて笑っていた。

「お母さん、心配いりませんよ。そのうち、だんだんなくなってきます。叱ったりバカにしないで、神様と遊んだ話を聞いてあげてください」と言い、その家をあとにした。

純真無垢な少年には、大人には見えないものが見えるんだなぁ、とつくづく感じさせられた事案であった。

ちょっぴり寂しいけど、とても心温まる思いがしたもんである。

こんな相談ならいつでも大歓迎なんだけど、そうも言ってられないのが僕の仕事だ。気持ちを奮い立たせて、次の相談事に備える日々である。

ビビったら、開き直ればいいのだ。

唯一の特技だから……ね。

華麗なる旦べェ様

僕の20代は、とにかくめまぐるしい日々だった。

お坊さんとしての厳しい修行のかたわら、囲碁、山登り、海、川の釣りにいそしみ、シーズン中は草野球に興じ、夜になると天体観測なんかをしていた。

まぁ、落ち着かないことこの上ない。一日として部屋の中でじっと過ごすことはなく、止まると死んじゃうマグロのような生き方をしていたのだ。

そんななかで、僕の20代を語るうえで欠かせないことがある。

それは、ギャンブルだ。もちろん、競馬、競輪も含まれてはいるんだけど、主に麻雀が不動の四番を占めていた。

特に、東京のお寺で修行をしながら、新宿の雀荘に通っていた頃が、いちばん麻雀に入れ込んでいた時期であった。

大学時代、杉並のお寺で修行をしながら大学に通っていた僕は、御前様《ごぜんさま》や奥さんの目を盗んでは、せっせと雀荘通いに精を出していた。

大学に入った当初は遊ぶ余裕もなく、たまに碁会所に寄るくらいだったけど、一年も過ぎるとすっかり要領を覚え、「ゼミで遅くなります」とか言っちゃって、雀荘に足を運んでいたのだ。

僕が通っていたのは、Dという雀荘で、歌舞伎町の裏通りの一角にあった。

名前は何回か変わったけど、長年務めるマスターとともに、いまでも同じ場所にちゃんと存在しているんだから恐れ入る。

マスターは口はわるいが、腹の中はさっぱりとした江戸っ子である。マスターのくせにお金にあまり執着がなく、お客に金を貸してそのままトンズラされたことは一再ではない。

ひと言で言うと、お人好しで面倒見がよかった。

だから、みなに好かれていた。というか、人望があったのかもしれない。

たいへんいいお店なんだけど、不幸にも過去に二回手入れを食らっている。一回目は、僕が頻繁に通っていた頃だ。

幸運にも手入れの当日、お寺で仏さんが出たので、僕は顔を出せずに難を逃れたのだ。

亡くなったじいちゃんには申し訳ないが、これはラッキーと言うほかない。仏さんが出ていなきゃ、間違いなく店に顔を出していた。

亡くなったじいちゃんに助けられた、と思ったもんである。

それにしても、この店が手入れを食うとは、夢にも思わなかった。どちらかと言うと、まっとうな店だと思っていたからだ。

だいたいにおいて、雀荘が手入れを食う場合、「見せしめ」という要素が強い。

ほとんどの店が同じレートで打ってるのに、A店は助かり、B店は捕まる。そのボーダーラインがはっきりしない。

僕の行きつけのこの店のレートは、平均的なものだった。それでも手入れにあった。すぐ近くにあるレートが倍近くの店は、一回も手入れを食ったことがない。おかしい。矛盾である。

マスターは「うちを見せしめにしやがって」と、ぼやいていた。

つまり、賭け事をしていることへのスケープゴートにされた、と言っても過言ではないのかもしれない。

そして、もうひとつは「通報」である。警察も通報を受けたら動かざるを得ない。「あそこの店は高いレートで打ってる」「深夜営業をしてる」などの通報を受ければ、動かざるを得ないのだ。ケツの毛まで抜かれた敗者が、腹いせに警察にチクることも珍しくはない。

そんなんで、僕の行きつけの店も、過去二度、手入れを食らったのだ。

なぜパチンコはOKで、麻雀ばかり目をつけられるのか、師匠である小沢さんに一度聞いたことがある。

「そりゃーな、ぼんさん。パチンコの業界の上の方は、警察の天下り先になってるのさ。だから、あの業界は安泰なのよ」

そう言って、師匠は杯をあおった。

小沢さんは、元○○組の若頭補佐までやった人だ。裏のことなら、なんでも知っていた。

「そうすかー、なんか釈然としませんねぇ」

若かった僕は、不満を口にしながら酒をかっくらっていた。

ま、手入れを食らっても、滅多にお客さんは起訴になることはなく、ほとんどが不起訴処分（単純賭博罪適用）だったけど、いい気分のもんじゃない。

それに比べて、割を食うのはマスターだった。マスターは経営者ということで起訴処分になり、前がつくこととなる。これはお客さんのような単純賭博罪ではなく、常習賭博罪の適用となるためだ。二回目の手入れのときに、この適用を受けた。

後日会ったとき、心から同情したが、「腹をくくらなきゃ、この商売はできねーから、いいんだよ、ぼんさん。覚悟の上さ」と言って笑っていた。

いろんな表と裏を見てきたけど、このときばかりは世の中の理不尽さを恨んだものだ。

このように、僕はこの雀荘で世の中の裏と表を見聞し、師匠である小沢さんや現役ヤクザのシュウさんに世間の法を教わってきた。

そこは、決してお坊さんの修行だけでは学べない、実践的な社会勉強の場だった。このときの経験がいまの僕を支えている、と言っても言い過ぎではないだろう。

いつも心臓がバクバクし、胃が痛くなり、膝がガクガク震える場所だったけど、とても刺激的で、生きている実感１００％の居場所だった。

それは、谷川岳の岩場をよじ登っているときの快感に似ていた。

危険だけど、楽しい。

このふたつは、いつも僕の大脳を刺激するようだ。

旦べェのキートンさん、登場！

この雀荘に、ある日ひとりのおじいさんがやってきた。年の頃は、70歳前後。

とても上品な人で、俳優の益田喜頓《ますだきいとん》に似ていた。

麻雀も外見同様上品な人で、手作りを重視する雀風だった。むやみにポンポン鳴いたりせず、きっちりと面前で手を仕上げていった。

とてもいい麻雀を打つんだけど、ひとつだけ欠点があった。

それは、弱いのだ。とにかく勝負弱い。引きも弱かった。3面チャンリーチをかけても、カンチャンに負けたりしていた。

弱い人だなぁ……。

このおじいさんと打つたび、こう思っていた。

いつしか、みな、この人は「旦べェ」だと認識し始めていた。つまり、カモである。

負けるたびに「いやー、やられましたなぁ」と言って、ニコニコしながら分厚い財布からお金を出していた。

お金持ちで麻雀が弱いとくれば、こんなにいい人はいない。いつしかみなからキートンさんと呼ばれ、重宝がられていた。

もちろん、僕もキートンさんと打つのが楽しみだった。なんつっても、金持ちで弱いのだ。こんな幸せはない。

同卓に入ったときは、ウヒャー、ラッキー、なんて心で叫んでいた。

そんなキートンさんに、一度夕ご飯をご馳走になったことがある。それも、カニだった。

いつものように雀荘に向かいトボトボと歩いていると、黒塗りの高級車からキートンさんが出てきた。ベンツなのかロールスロイスなのかはわからなかったけど、スゲー外車だった。ボーっと見ていると、運転手に何か言い含め、僕を見ると「おう、お坊さん。いい所で会ったね。これからご飯を食べるんじゃが、一緒にどうかね」と誘われた。雀荘でチャーハンの出前でも、と思っていた僕が「いいんですか?」と聞くと、「はは、じゃー行こうか」と背筋を伸ばして歩いていった。

突然のことに面食らっていたが、こりゃラッキーというういつものノリに気持ちは切り替わっていた。しばらく歩いたキートンさんは、「ここじゃよ」と言って中に入った。

とても高級そうな店で、シャブシャブ、カニ……という文字だけが目に入った。

おっそろしく高い店で、どのメニューも目玉が飛び出るほど高かったのを覚えている。

キートンさんは「遠慮なく食べてくださいよ、ハハハ」とか言って、どんどん注文していた。運ばれてくるものは見たこともないものばかりで、生まれて初めて食べる高級な味に、僕の舌もびっくりしていた。

「どうも、ご馳走さまでした」

店を出て、頭を下げると、

「いや、これも功徳じゃね。お坊さんにご馳走させてもらったよ」と言って笑っていた。

麻雀同様、とても太っ腹な態度に、口を開けて感心しちゃった。

先の手入れが入ったのは、それから一週間ほどしたときだった。キートンさんもしょっぴかれ、事情聴取を受けたらしい。

このときは、Dの常連のほとんどがしょっぴかれていた。難を逃れたのは、ほんの数人だった。

何も知らなかった僕は、店の前の階段に座って一服していると、常連のおっさんが通りをゆくのが見えた。

「こんちゃっす」

思わず声をかけた。

「おう、なんだぼんさんか」

「ここ、今日休みなんすけど、なんかあったんすか？」

「なんだ、ぼんさん知らんのか。昨日、手入れにあって大変だったらしいぞ」

「えっ！」

絶句した。

「ほとんどしょっぴかれたらしいぞ」

「……」

「ぼんさんも俺もラッキーだったぜ。俺はたまたま昨日は飲みすぎてこれなかったんだけどよー。まっ、これも、日頃の行ないってやつだな」

どうみても素行のよろしくなさそうなおっさんは、ニタニタしながら去っていった。

「なんてこった……」

僕は煙を吐きながら、昨夜の仏さんであるじいちゃんに感謝した。

俗に言う色ボケしてたじいちゃんだったけど、人生の最後で僕を救ってくれたのだ。心の中で手を合わせた僕は、我が身の幸運を喜び、タバコを足で踏み消しながらひとりほくそ笑んでいた。

いやー、ラッキーだったなぁ。

ニタニタしながら、なんの気なしに歩いていた僕は、ある看板が目についた。

「リーチ麻雀。お一人でも……」

よっしゃ、今日の俺はついてる。いっちょ、ここで稼いだろ。

初めての店でちょっぴり不安があったものの、ツキの勢いで飛び込んだ。中に入ると、Dとは雰囲気が違っていた。知ってる顔もひとりもなし。しかし、今日の俺はついてるのだ。ツキと若さの勢いで席に着いた。

が、次の瞬間思わず「しまったー」という思いが全身を駆け巡った。三人のメンツのうちふたりは明らかにその筋のお方だった。小沢さんや弟分のシュウさんと親しくさせていただいてるおかげで、パンチパーマやイレズミがなくても、その筋の人はわかった。

しかも、レートは普段の三倍近いものだった。このレートじゃ一回もラスは引けない。うっかりすると三着でもブッ飛ぶ。これが普段のDなら、マスターから借りるなりなんとかしようがあるけど、初めての店じゃーそうはいかない。

脂汗が出てきた。しかし、もうダイスは振られ、いまさら「やっぱ、やめます」ってなわけにはいかないのだ。

こうなりゃ、覚悟を決めた。負けてぶん殴られるのを覚悟で牌を見つめた。

殺されはしまい……。

祈るような気持ちで牌をめくるものの、思いとは裏腹のクズ手ばかり。

なんとか振り込みこそかわすものの、俗に言うツモられ貧乏ってやつで点棒は減る一方。

額や脇の下から脂汗が流れ出る。

こんなことなら、捕まってブタ箱に入ってるほうがマシだったなぁ。

そんな気持ちでは、いい手が来るはずもなかった。

局面はどんどん進み、とうとう僕の最後の親。もう箱テン寸前で、誰かに3900点でもツモられたら終わりである。

僕は、全身全霊で牌をツモった。どうかイイ手が来てくれー。

ぶん殴られる。刺される。指をちょんぎられる。どれもやだなぁと、握った配牌を見て気が遠くなった。

これがまたとんでもないクソ手。中張牌などほとんどなく、1メンツもなかった。

アチャー、こりゃ俺の命運も尽きたな。ボー然としていると、ふと、ある役が脳裏をよぎった。

国士無双……。

そう、この手しかない。こんだけ手がバラバラなら、かえってコクシに向かうほうがいい気がした。まして、箱テン寸前なのである。

僕は、捨て身の国士無双へと突き進んだ。

するとである。こりゃ奇跡か、はたまたなんとかの一念か、ほとんど無駄ヅモなしに、イーシャンテンとなった。

あと、東《トン》が来れば、なんとダブりなしの13面待ち。他のヤオチュー牌でも、東待ちのテンパイ。

鼓動が高まる。手の震えを必死で抑えた。

しかし、その後は無駄ヅモが続いた。

そうこうしてるうちに、ひとりからリーチがかかった。

うえーっ、こりゃあかん、もうダメだ。

すっかりあきらめかけたときである。ツモった牌を見て手が震えた。

東っ……。

やったのだ。国士無双13面待ち。僕は気力を振り絞って、牌を河《ホウ》に捨てた。そのとき、勢い余って「リーチっ」と、言ってしまった。気が高ぶっていたので、つい言ってしまったのだ。

しまったーっ。黙っていれば、他からいくらでも字牌なんか出てきそうなのに……。

これで、先行リーチに上がられたら悔やんでも悔やみきれない。

祈るように相手の手を見つめると、とっても危ないウーピンを切ってきた。

先行リーチには、無事セーフだった。

ほっと胸をなでおろした僕の一発目のツモは、グワッチャー、やったのだ！ またまた東である!!

なんと、国士無双一発ツモだ。

僕は高らかに「一発ツモ、コクシっ」と叫んで、牌を倒した。

他のメンツの人たちの表情が一瞬曇ったかに見えた。

や、やばいか……。

しかし、彼らの口から出た言葉は、意外にも「ほう、13面待ちかー、よくダブらずにテンパったな―」「一発逆転だな、やられたよ」などの、優しい言葉だった。

このときの嬉しさは、とても言葉では表せない。おそらく、生涯でいちばん印象的で、嬉しい役満である。

一発と役満のご祝儀で、僕の懐は一気に膨らんだ。

いつもなら、ウヒャー、やったぜー、とはしゃぐところだったけど、このときの僕は冷静に状況判断していた。

とにかく、あとは普通に打って、元近くになったら帰ろうと決めた。これ以上勝とうなんて気はさらさらなかった。

案の定、それからは何度か三着を引き、無難に終わることだけを願った。

波風立てずに、元近くになったので席を立った。

「じゃ、これで失礼します」

他の三人も、何ごともなかったかのようにタバコを吸っている。

マスターにあいさつをして店を出たとき、全身の力が抜けた。近くの喫茶店に倒れ込むように入った。

コーヒーを飲みながら、助かったーという思いに浸っていた。

やばい店だった。とにかく無事に出てこられたのが奇跡であった。

脇の下はびっしょりで、タバコを持つ手がいまだに震えていた。

生まれて初めての国士無双13面待ちを上がった嬉しさよりも、無事にコーヒーを飲んでいられることのほうが何倍も嬉しかった。

※『釣り坊主がゆく』（山と渓谷社）より一部抜粋

後日、師匠である小沢さんにこのことを報告したら、「いい勉強になったじゃねーか。ま、あの店には、今後足を向けるなよ」と諭《さと》された。

そんなことがあってから、僕は、また足繁くDに通いつめた。

やっぱ、ここがいちばんいい。

居心地のよさを噛み締めながら打っていた。

しかし、気になることがあった。じつは、この一回目の手入れのあとから、キートンさんがぷっつりとお店に現れなくなったのだ。

一週間の営業停止を食らっていたので、どこかほかの店に行き始めたのかもしれなかった。

「キートンさん、来ねぇなぁ」

「どっか、カシを変えたのかもなぁ」

「残念だな」

「うん、残念だ」

みな口々に、キートンさんが来なくなったことを憂いていた。

マスターも「麻雀が好きだから、どっかカシを変えてんだろうけど、レートの高いところでカモられてなきゃいいけどな」と、心配していた。

その予感は的中した。

それから数日後、歌舞伎町をぶらぶら歩いていたら、キートンさんの姿が見えた。声をかけようとしたら、ある店に入っていった。

その店は、なんと、先日命からがら国士無双を上がった、例の店だった。

アチャー、キートンさん、よりによってやばいよー。

しかし、後を追う勇気もなく、いつしかDへと足を向けていた。

店に来て、マスターに報告すると、「やっぱ、そうか」とひと言いった。

「やばいよねぇ、なんとかしないと……」

訴えるように言うと、

「まぁ、そうは言ってもキートンさんの自由だから、しょうがねーよ。こっから先は、俺たちは足を踏み入れちゃいけねーのさ。わかるよな、ぼんさん」

マスターにキツイ目で言われた。

釈然としない気持ちで麻雀を打ったあと、師匠の小沢さんに一杯やりながら相談してみた。小沢さんは、終始黙って聞いていた。何か言葉がほしかったけど、なかなか発してくれない。

「で、ぼんさんは、どうしてほしいんだ」

ようやく口を開いてくれたのは、二本目の酒をおかわりした頃だった。

「はい、そのう、キートンさんにDに戻ってきてほしいです。だいいち、あの店はヤバイっすから」

必死で訴えた。

「だけどよ、店を選ぶのは、あのじいさんの勝手だろ。それに、ヤバイっても、命まではとりゃしねーよ」

「そ、そうですけど……。なんか気の毒で……。小沢さんやシュウさんのにらみで、なんとかそのう……」

華麗なる旦べェ様

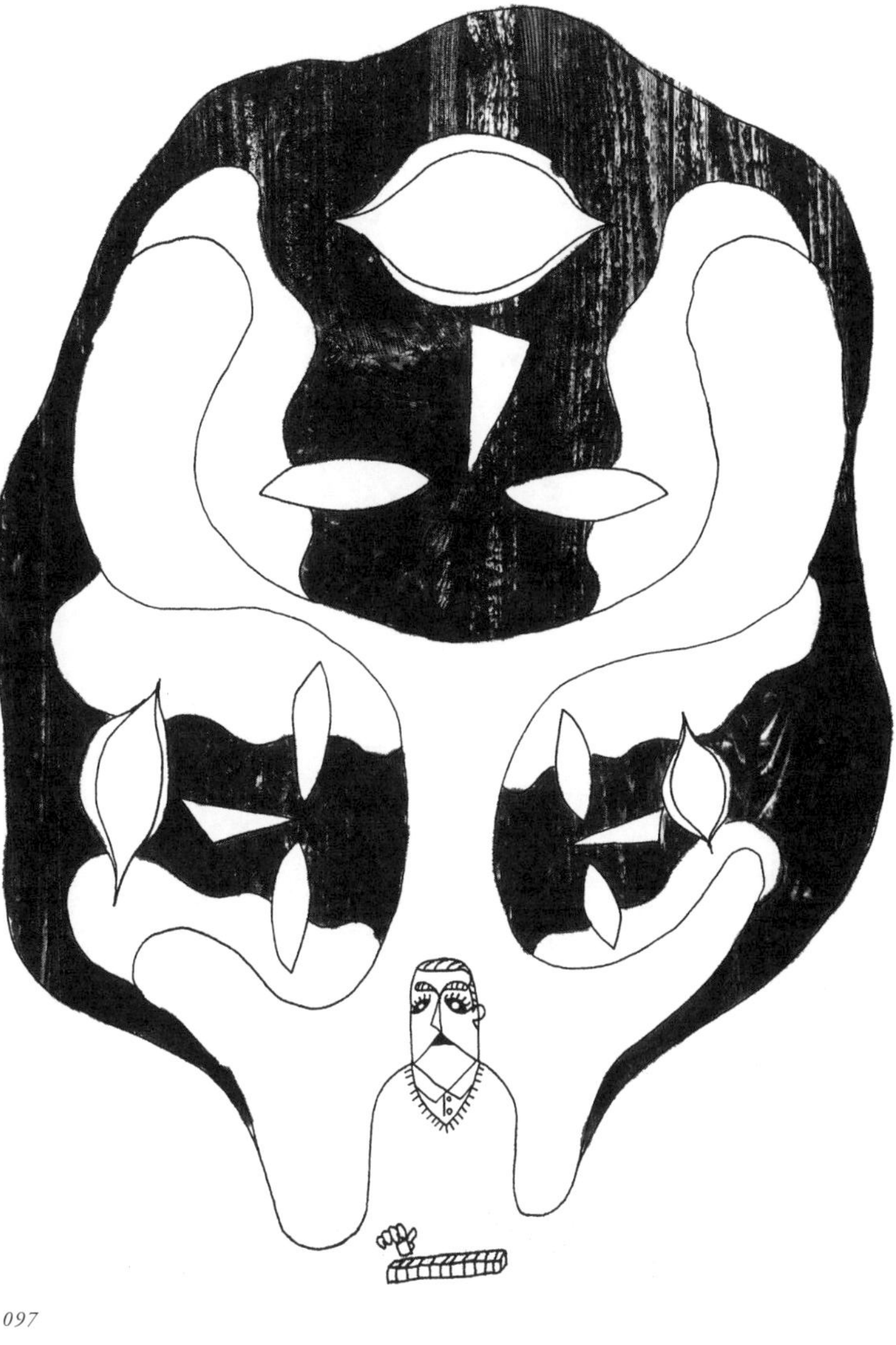

言葉が続かなかった。

「おい、ぼんさん、確かにあそこはシュウの舎弟もいるけど、兄貴分もひとりいるのよ。だから、シュウもカンタンには口を出せねぇだろうさ」

「そ、そうなんですか」

「それとな、これもよく覚えときなよ。俺たち裏社会を歩いている人間は、食えるものは食い尽くす。肉を食い残すハゲタカやハイエナってのはいねーだろ。一度獲物になったら食い尽くすのさ。それがヤクザのシノギよ。甘いもんじゃねーのさ」

「えっ……」

「俺だって、もとは代紋を背負ってた人間だ、ぼんさんが思ってるような正義なんてねーのさ」

「……」

「なかには、武士の情けで肉一枚残してやるヤクザもいる。けどな、たいがいはしゃぶり尽くすのさ。ぼんさんは、俺やシュウのいいところばかりを見ているから、カッコイイとか思ってるだろうけど、しょせんヤクザの世界はそんなもんさ。よく覚えておきな」

「は……はい……」

「だから、俺やシュウに、このことで口をきくことなんて、できねーのさ。わかるかい」

「はい、すみません……」

普段とは違う生々しい言葉を聞き、返す言葉を失っていた。こんな会話は初めてだった。

「ぼんさんも、どこかでじいさんのことを旦べェとか思っていただろ。あんまり変わんねーじゃねーのか、程度の違いだけさ。他でカモられてるのが、クヤシーだけなんじゃねーのかい」

何も言えなかった。

「人間なんて、しょせんどっかで弱肉強食の本能が働くのさ。弱いものを認識し、差別もする。冷酷になるのさ。だから、表面だけの同情なんてするもんじゃねーよ。そんなものは薄っぺらい氷みたいなもんさ」

今夜の師匠は厳しかった。

僕は何も言えず、下を向いたまま酒を流し込んでいた。

店を出て、いつものように小沢さんのアパートまで送り、「じゃ、失礼します」と言って帰ろうとしたら、小沢さんに肩をポンポンと叩かれた。

僕は、ただただ、頭を下げていた。

キートンさん、再び！

それから数日して、Dに顔を出したら、なんとキートンさんが来ていた。

いつものように、ニコニコしながら打っているのだ。

マスターを見ると、笑みを浮かべ、ひとつうなずいた。

対局中だったので声をかけるのは遠慮したけど、心の底から嬉しかった。

「コーヒーでも飲んでろよ、いま席を作るぜ」

「うん、ありがと」

マスターに親指を立てて、タバコに火をつけた。

コーヒーもタバコもうまかった。

僕は、裏で小沢さんやシュウさんがどう動いてくれたのかは知らない。ひょっとして、何も動いてないのかもしれない。

ただ、キートンさんが、うちらの店に戻ってきてくれたことは嬉しかった。


何日かして、またキートンさんに食事をご馳走になった。

そのとき、キートンさんは驚くべくことを言った。

「僕はね、お坊さん、すべて承知してるんですよ。少し勝たせてもらって、大きく負ける。たまにアメをもらって喜んでるんです。でもね、それでいいんです。これまで馬車馬のように働いてきましたからねぇ。少しはお金を使わせてもらっても、神様も怒らんでしょ」

「えっ……」

「あっちのお店にいた人たちは、ヤクザが多かったですね。そりゃわかります。でもね、こんなおじいちゃんでも、礼を尽くして一緒に遊んでくれる。それが嬉しいじゃありませんか。彼らも稼がなきゃならんのでしょ。でも、むしり取ることはしない。目の前に大金を持った老人がいてもね」

「そ、そりゃそうですけど……」

「ま、勉強になりましたよ。それに少しは麻雀も強くなったと思いますよ。これからは手ごわいですよ、はっはっはっ」

「そうスか、いやー楽しみです」

「それにしても、ヤクザにもいろんな人がいますねぇ。あのお店でいちばん貫禄ある人が、ある日こう言ったんです」

　キートンさんは一気に杯をあおった。

「ここは、あなたが来るような場所ではないですよ、ってね。驚きましたよ。わたしはカモですよ、そのカモをみすみす逃しちゃんですからねぇ、ハハハハ」

「そ、そうなんですか」

「ま、せっかくのご忠告なんで、わかりました、ありがとう、とお礼を言いましたけどね」

　いろんな意味で驚いた。すべてを承知していたキートンさんの大きさにもびっくりしたけど、キートンさんに忠告をしたというヤクザの方がいたことにも驚かされた。

　世間の広さ、そして人間の大きさを教えてもらった瞬間だった。

　すごい人たちがいるもんだ。

　小沢さんとシュウさんの顔を思い浮かべながら、心の中で手を合わせ、キートンさんにお酒を注いでいた。


　さぁ、それからのキートンさんは、本当に勝負強くなった。リーチ合戦も制するようになったし、よく鳴くようにもなった。面前にこだわらなくなったのだ。

　雀風が変わり、ガムシャラに上がりに向かうようになっていた。これが、キートンさんにはオモテと出たようで、そうそう負けなくなっちゃった。

「さぁ、いままで負けた分を取り返します、ガンガンいきますよー」

ニコニコしながら、点棒を受け取っていた。

「まいったなぁ、このおじいちゃん、人が変わっちゃったよー」

米屋のおっちゃんがぼやいた。

周りで、みなが笑っていた。


キートンさんは、旦ベェでなくなっても、みなに好かれていた。

けいりんブルース

僕には、じいちゃんの友人がじつに多い。大ヤマメの夜釣り名人や、東北の職漁師のじいちゃん、果ては、清水港で知り合った元競輪選手のじいちゃんなど、じつにいろんなじいちゃんたちと仲よくしてもらった。

日本全国釣りをしていると、いろんなじいちゃんに出会うものだ。

九頭竜川《くずりゅうがわ》でサクラマスを狙っていたときだ。

ひとりの、地元のじいちゃんと仲よくなった。

このじいちゃんとは以前もここ、九頭竜で会っており、ふとしたきっかけでサクラマス談義となり、意気投合したのだ。

じいちゃんは、御年70を過ぎているのに、ルアーをガンガン振る強者だ。

現に、僕の目の前で、60cmオーバーを釣り上げている。

大したもんである。尊敬しちゃうのだ。

この日も、ふたりで河原の石に腰かけ、お昼を食べていた。

「じいちゃん、うまそうな弁当だね」

「うん、ばぁさんが作ってくれるのさ」

「へー、愛されてんだねぇ」

「はは、ばか言うなよ」

じいちゃん照れくさそうに笑った。

ふと、じいちゃんのおかずを包んであった新聞に目がいき、そこに書いてあった記事を見て「あっ」と、声を出しちゃった。

「うん、どうした？」

「あ、いや、滝澤がね、その競輪の選手なんだけど、７００勝したって書いてあるから……」

「おー、あんた、競輪やるのかね。滝澤を知ってるのか？」

「えぇ、じいちゃんも競輪やるの？」

「はは、まぁ、昔は好きだったけどな。よくこの滝澤でとらしてもらったよ」

「滝澤はホントいい選手ですよねぇ。僕、大ファンなんです」

思わず新聞を借りて、手に取り、見入っちゃった。

よかったなぁ、滝澤選手……。

僕は遠い昔に思いを馳せ、あるひとりの方を思い出していた。

衝撃の出会い

デビューした頃からのおつき合いである滝澤選手。この選手に最初に目をつけたのは、じつは僕ではなかったのだ。

20代の頃。新宿の雀荘に足繁く通い、人生漂流してる頃の話だ

ある日、立川競輪にひとりで行った僕は、チョロさんとばったり出会った。

チョロさんは、テキ屋さん。本名は知らない。僕の麻雀と人生の師匠である小沢さんの弟分である。


「あー、チョロさんどうもー」

「おう、ぼんさんやないかい。今日はひとりかいな」

「えぇ、小沢さんは、雀荘で打ってます」

「はは、兄貴はあれが仕事じゃからな。ほな、今日はふたりで楽しもか」

「えぇ、お願いします」


僕は、嬉しかった。今日こそ、チョロさんから何か勝つ秘訣を盗んでやるぞ、と密かに心に抱いていた。


というのも、このチョロさん、競輪にかけては名人で、数々の高配当をゲットしてきたのだ。

麻雀の神様的存在である小沢さんも、競輪じゃー、チョロさんに一目置いていた。

例のごとく、展示（レースの前に行なわれる並び順等を含めた序走）で、金網に張りつくチョロさん。僕は、その後ろでチョロさんを観察していた。しばらく選手を見ていたチョロさんが「ぼんさん、チト見てみいや」と、僕を呼んだ。

「えっ？　なんすか？」

僕は呼ばれるまま、金網に張りついた。

「おい、ぼんさん。あの2番車いるやろ」

「えぇ」

「あいつはえぇで。これから間違いなく伸びる選手じゃ」

「へー、そうなんすかー」

じっと2番車を見つめた。確かに、腿も太いし、色も焼けて、じつに精悍なイメージが漂っていた。

「あいつは去年デビューしたんじゃけど、いい目をしとる。そして何より練習好きや。恐らく練習量じゃ日本一ちゃうか」

「へー、そうなんですかー」

よくわからないまま、その目を見入った。

とにかく、イカツい顔だった。そのイカツい顔の中に鋭い目が光っていた。獲物を狙うタカのように鋭い目は、ストイックに競輪に打ち込んでる裏打ちだろう。

「確かに、いい目をしてますね」

「せやろ。ぼんさんにもわかるか。あいつはいいでー、これからヤツの時代がくるな」

そう言うチョロさんは、いつになく熱く語った。

「強い選手で、遊んでるヤツはひとりもおらん。みな、陰で朝も早ようから練習してるんや。そんななかでも、この滝澤は、ようやってるでー。わしがいままで見たなかでも、最高にイイ選手じゃ。中野にも負けんくらいやな」

「えーっ、そんなにイイんすかー」

このときの、この選手こそ、滝澤正光その人だった。再び滝澤選手を見た。後ろから見ると、そのデカイ尻が、やけに目立っていた。

「でもなぁ、あいつはレースがもうひとつうまくないんじゃ。あれで、中野張りにレースがうまくなればもっと勝つやろけどな」

そう言って、葉巻に火をつけた。

僕はじっと滝澤選手を目で追っていた。

その日は、チョロさんも先に帰らずに、この滝澤選手のレースまで残っていた。と言うより、この滝澤選手が目当てで来たらしい。

チョロさんの一挙手一投足に目をやりながら、滝澤

選手のレースに見入った。

レースは、静かな出だしだった。

滝澤選手は、関東ライン（関東勢）の先頭を走っている。あとは、中部と関西系のラインだった。滝澤選手のような先行型が、中部にいる。その選手との駆け引き次第で、このレースは決まると言っても過言ではない。

ほどなく、ジャンが鳴った。

滝澤選手が踏み込んだ。後ろから中部の選手も追いすがる。

「そこで前に出るんや。インを突いたら一気じゃっ！」

珍しくチョロさんが声をあげる。

僕もチョロさんに乗っかっていたので、この滝澤選手が来てくれなきゃ困る。

「行けーっ、たきざわー」

一緒に声を出して、応援した。


それからの滝澤選手の足は、みごとだった。他の選手とは、ギアがひとつ違う感じだった。漕ぎ方はまさにがむしゃらって感じで、決してかっこいいスタイルじゃなかったけど、追いすがる選手をどんどん引き離し、終わってみれば2着に2車身もつけた圧勝だった。

「や、やった、勝ちましたよー。滝澤がー、やったー」

冷静なチョロさんの横で、ひとり興奮していた。

右手を上げて、はにかみながら周回する滝澤選手は、じつに好感が持てた。

純朴で、いい人なんだナァ。その強さとは対象的に好印象を受けた。

「いいレースじゃったのう、ぼんさん」

「えぇ、強かったすねー」

「あれよ。あの踏み込むタイミングさえ間違わなきゃ、ヤツは日本一になるな」

そう言うチョロさんは、じつに嬉しそうだった。


その夜は、懐の暖かいふたりで、街に繰り出した。

呑んでる席でも、終始チョロさんは「滝澤はいい」と言っていた。

僕も、確かにスゲー選手だなぁ、と酔いながらも思ったもんである。

そして、この日を境に、僕は滝澤選手を追いかけることになったのである。

再会！

それから、何年も経ったある年の暮れ。僕は立川にいた。

昨日、こちらでお経があったので、久々にグランプリを見ようと寄ったのだ。

何年かぶりの立川競輪場でコーヒーを飲んでいたら、僕の視線に気になるものが飛び込んできた。

そう、赤いアロハ。この寒い冬に赤いアロハなんて、あの人しかいない！

僕はスタンドから飛び出して、一目散にその方向へ走っていった。

「ちょ、チョロさーんっ！」

その赤いアロハがこっちを向いた。間違いなくチョロさんだ。

「おう、ぼんさんやないけ、ひっさしぶりやのー」

「おっ……お久しぶりですっ」

僕は、ニコニコするチョロさんを前に、ひとり興奮していた。

「ぼんさんもすっかり貫禄がついたのう」

「いやー、ラクして太っただけですよー」

嬉しくて、チョロさんの前で照れていた。

「今日はチョロさんひとりっすか？」

「あぁ、ひとりでゆっくりと楽しも思てな」

そう言いながら葉巻を吸うしぐさは、昔とちっとも変わっていなかった。

しばらくは昔話や近況を語り合った。相変わらずテキ屋で忙しいらしい。仕事はまじめにやる、というチョロさんは、いつも輝いた目をしている。きっと、とてつもない強さを秘めているに違いないその目は、僕の心を熱くしてくれるのだ。昔と変わらぬ目力に、安心すら覚えていた。

「今日は、滝澤が出てますね」

頃を見て、競輪に話を振った。

「あぁ、今日は、ヤツが吉岡をどう封じるかが楽しみじゃな」

「そうっすねー。僕も、今日は滝澤からいきますよ」

僕は、最近台頭してきた吉岡を、滝澤がどう封じてグランプリをとるか、楽しみだった。ふたりでコーヒーを持ち、スタンドに陣取った。

「いやー、それにしてもホント久しぶりですねー」

「ほんまじゃのう、何年ぶりだ」

「確か小沢さんが亡くなった年以来ですから、十年ぶりですかねー」

「十年かー、早いのう」

僕らはしみじみとして、コーヒーを啜った。

そう、僕の人生の「師」である小沢さんは、いまから十年ほど前にガンでなくなったのだ。それは、壮絶で、余りにも突然の死だった。

しばらくはショックで、食事も喉を通らないほどだった。

「十年ひと昔言うけど、あっという間やのう」

「そうですね、あっという間ですね」

僕は、おもむろに煙草に火をつけた。

「師匠は亡くなっちゃったけど、チョロさんは長生きしてくださいよ」

「はは、わしはよう死なんやろ。憎まれっ子世にはばかるいうやっちゃ」

そう言いながら、チョロさんは涙をぬぐった。

そのとき、チョロさん少しやせたな、とフと感じた。

「チョロさん、少しやせたんじゃないっすか」

思い切って聞いてみた。

「あぁ、若い頃からの無理がたたって、肝臓の具合がどうもわるいらしいんや」

「か、肝臓って、やばいじゃないっすかー」

「モンモン背負うと肝臓痛めるいうんは、本当らしいのう」

「そんなにわるいんですか？」

「まぁ、いまんとこは入院するほどじゃないらしいんやけど、酒を止められてなぁ。これがいちばんこたえるでー」

「でも、我慢してくださいよー。無理して死んじゃ困りますよ、ほんと」

「はは、そんなこと言ってくれんのは、ぼんさんだけやで。ありがたいこっちゃ」

僕は心配でしようがなかった。

しかし、取り越し苦労をしていてもしようがない。

今日は勝負に来てるのだ。気持ちを切り替えて、目の前の勝負に集中する。


ほどなくレース開始のファンファーレが鳴った。

選手が敢闘門から出てくる。

滝澤選手が雄々しく自転車にまたがった。

「チョロさん、滝澤、気合いが入ってますね」

「あぁ、あいつはいつ見てもいいなぁ」

「えぇ、いいっすねー」

よっしゃー、滝澤。今日は吉岡を押さえてグランプリとれよー。

僕は、滝澤の頭から3点流しで買っていた。どれも万張り（一万円買い）だ。来ればでかい!!

頼むぜ、滝澤。

しばらくして、レースはスタートした。ところが、だれも出ない。一種の探り合いだ。ようやくして、鈴木が出た。それに続いて、ぞろぞろとスタートした。

固唾をのんで見守る。

レースは四分戦だった。高木─鈴木─滝澤、神山─俵、海田─松本、吉岡─井上の四つだ。

勝負どころは、吉岡の仕掛けと、高木の仕掛けどきだ。間違いなく海田か吉岡が飛び出すだろうから、4コーナーあたりで高木のポジション次第では、滝澤も充分ある。

残り2周で海田が仕掛けた。予想のうちである。

ジャンが鳴ると、案の定、吉岡、井上のラインがカマシに入った。最終バックでは、各ラインがトップギアに入れた。センターで、高木、滝澤の並びになり、いい位置をキープしてる。

「ヨッシャー、そこから高木、仕掛けろっ」

最終4コーナーで、なんと、いいタイミングで高木が仕掛けた。

「よしっ！　いいぞっ‼」

僕は目一杯叫んだ。いい流れだ。滝澤もある、滝澤も勝てるっ！

ゴール前は横並びだ。滝澤が、がむしゃらに漕いで突っ込んでくる。

「いけーっ、こげーっ‼」

逃げ切りそうな吉岡と高木の中を割って、首を振って井上を牽制し、なんと滝澤が抜け出したところが、ゴールだった。

大歓声である。

微妙な感じだったけど、滝澤はすでに手を挙げていた。

写真判定か……。僕の位置からだと、吉岡と同着に見えた。

「ちょ、チョロさん、滝澤っすかね？」

「うん、まぁ、自分で手を挙げてるくらいやから、わかってんのやろ」

僕は、じっと、場内アナウンスを待った。

しばらくして、「けっていっ」というコールが入った。

息を殺す。場内も静まり返る。

「1着7番、滝澤正光っ」

「ヤッター、滝澤やったぞー」

大興奮だった。いつしかチョロさんの肩をたたいて、大はしゃぎしていた。

「はは、滝澤が来たな」

チョロさんも、破顔一笑、握手して喜んでくれた。

「2着2番、吉岡稔真っ」

やったぜー、5―2だ。コリャでかいぞ。

僕は、当たった嬉しさに浸り、しかし、しっかりと金勘定をしていた。

滝澤と吉岡だと、５０００円以上ついていた気がする。

おいおい、50万だよー、ゴジューマン!!

心のなかで、何回も叫んだ。


結果が発表されると、5―2は５３８０円もついていた。

みんな、吉岡の頭から買ったんだろう。ないしは井上の頭だ。滝澤の頭なんて、よもやの結果である。

「チョロさん、やりましたねー。ヤッパ滝澤、すげーっすねー」

少し冷静になった僕は、チョロさんに話しかけた。

「はは、やりよったのう。ははは」

チョロさんも、ずっと上機嫌だ。葉巻の煙をくゆらせながら、目を細めて言う。本当に嬉しそうだった。

その後、インタビューで号泣した滝澤選手は「ありがとうございましたーっ」と叫んで、上半身裸になり、ウイニングランをした。それを見て、チョロさんも大笑い。僕もつられて大笑いをしながら、いつまでも滝澤選手のウイニングランを見ていた。

ファン投票では、決して1番になったことのない彼が、男泣きしながらウイニングランをする姿は、感動もんだった。

横を見ると、チョロさんも目頭を熱くしながら、いつまでも見つめていた。

「チョロさん、もちろん本線ですか？」

しばらくして聞いてみた。

「まぁ、本線でもないけど、とらしてもろうたよ」

「そうすかー、おめでとうございます」

恐らくいままでの経験で、チョロさんは、本線は3万円、脇に1万円であろう。50万円か……。さすがチョロさんである。

「ぼんさんも、万張りじゃろ。一緒じゃな」

「はい、今日は稼がせていただきました」

「ほな、ぼんさん、いこか？」

「えっ？　どこへっすか？」

「きまっとるやろ。兄貴の菩提をともらいによ」

「ぼ、菩提をともらいにっすか」

「はは、つまりは、これよ」

そう言って、一杯やるしぐさをした。

「でも、チョロさん。肝臓がわるいんでしょ」

「安心せい。ここんとこずーと呑んでなかったし、精々おちょこ二本てとこよ。まぁ、ぼんさんつきあえよ」

「そーすかー、わかりました。おつきあいしますっ。でも、ほんと呑み過ぎちゃだめっすよ」

「あー、わかっとる、心配すな」

僕は、チョロさんと立川競輪場をあとにした。


その夜、チョロさんは約束を守って、おちょこ二本に留めてくれた。だらしがなかったのは、僕のほうだ。師匠のことを思い出して、メソメソ呑んで、とうとう酔いつぶれてしまったらしい。

気がつくと、知らない場所で寝ていた。目が覚めると、ひどい頭痛だ。

「あっ、おはようございます」

ひとりの青年があいさつした。

「あっ、どうも……あいっつー……」

「ははは、二日酔いですか。夕べひどく酔ってましたからねぇ」

「そ、そうすか、ご迷惑をかけました……」

「いや、大丈夫です。兄貴からくれぐれも大事な人だからって、ことづかってますから」

「い、いや、そんな大事な人ってことはないんですが……」

どうやら、ここはチョロさんの弟分の部屋らしい。

迷惑をかけちゃいけないと感じた僕は、体を起こすと「あの、チョロさんは」と、聞いてみた。

「兄貴は、今日大事な寄り合いがあるんで、朝から出かけました」

と言われた。

そうかー、チョロさんにあいさつもしないで寝ていたんだー。何やら後ろめたく、自責の念にかられた。

「遠慮しないで、ゆっくり休んでください。それから、これ兄貴からのことづてです」

そう言って、その若い衆は一片の紙切れを僕に渡した。そこには「夕べは楽しかった。いろいろありがとよ。また、いつか会おうぜ、ぼんさん」と書かれていた。

チョロさん……。

僕は、ずっと、その紙切れを見つめていた。

チョロさん、いつまでも元気で。

……目をつぶって、いつしか祈っていた。


あれから十数年、僕はチョロさんに会っていない。

でも、きっと元気でいてくれている、と信じている。

そして、700勝を達成した滝澤選手を見て、喜んでるに違いない。いや、ひょっとすると、現場で見ていたのかもしれないなぁ。

僕は、目の前の九頭竜川を見つめ、滝澤選手の700勝を心のなかで祝いつつ、小沢さんの菩提をともらい、そしてチョロさんの健康を祈った。


「じいちゃんも、いつまでも元気でいてよ」

「ああ、ありがとよ。もう少し、サクラマスを釣らしてもらうよ」

「うん、デカイのを釣ろうよ」

ふたりで、梅雨の晴れ間に照らされる九頭竜の川面を眺めていた。

注：滝澤選手が700勝したのは、平成12年12月8日のふるさとダービー玉野の2日目のこと。
現在は、日本競輪学校の23代校長である。

最上川の軽トラのおっちゃん

ある年の五月。

最上川で、大イワナを狙っていたときだ。ウグイの入れ食いにうんざりして、リリースを繰り返していたら、「それ、逃がすならくれよ」と声をかけられた。

振り返ると、うさんくさそうなヒゲモジャのおっちゃんが、ニヤニヤしてる。

お～、気色ワリー。なんじゃ、このおっちゃんー……。

返事もせずにシカトしていると、またもウグイがかかった。めんどうくさそうに針を外していると、「な、頼むよ、くれよ」としつこく言ってきた。

「あの、ウグイっすけど、いいんすか?」

「あー、いいよー、上等だよー」

おっちゃんは嬉しそうに受け取った。もう帰るかなと思っていると、「もう1匹釣ってよ、ね」とせがんでくる。

カー、めんどうくせーおっちゃん……。

早く、あっちに行ってもらおうと、もう1匹ウグイを釣ると、「わりーね、ヒヒ」と言って、こっちを見つめている。

僕は、「じゃー」と言って、そそくさと下流へと下っていった。

その後、いくら釣ってもウグイばかりなので嫌気がさし、来た道を戻ってくると、先ほどの場所でおっちゃんが焚き火をしていた。よく見ると、魚を焼いてるようだ。

「オー、兄ちゃん、寄ってけよ。うまそうに焼けてるぞ」

声をかけられた。

テキトーにやり過ごそうとしたけど、おっちゃんが上手に焼いているのを見て、ちょっと焚き火にあたっていくことにした。

「うまく焼いてますねぇ」

「あたりめーよ、毎日やってんだからよー」

「毎日っすか？」

「おーよ、毎日よ」

おっちゃんが、1匹僕にくれた。

「いや、いいっすよ、おじさん、食べてください」

「なんだ、おめー食わんの？　じゃ、俺が食うわ」

そう言うと、ウグイの背中に食らいついた。その豪快なこと。

僕は、よくウグイなんて食うなぁ、と感心していた。すると

「こいつはうまい魚だわ、なんでみんな食わんのかわからん。にいちゃん、あんたも食わねーだろ」

「は、はぁ……」

「バカだなぁ、こんなにうまいのに」

そう言いながら、おっちゃんは2匹目もムシャムシャ食い始めた。

じつに、豪快。小骨なんか気にしない。ばりばり食う。見ていて気持ちよかった。

「あの、今日は仕事が休みで、川遊びですか？」

なんとなく聞いてみた。すると
「仕事？　そんなもんはしてねーよ」

「えっ？」

「こうやって、日本を旅してんだわ」

「たび……すか」

「あー、楽しいぞー。どこへでも行くぞ。でもって腹が減ったら、河原に行きゃー、だれか釣りをしてるからな。その人に頼めば、なんかもらえるしよ」

平然と言う。

「魚をもらって、食うだけっすか？」

「ばーか、米も炊くよー、飯ごうがあっからよ」

「はぁ……」

なんだか、よくわかんない。変なおっちゃんなのは確かだ。

そのうち、おっちゃんは旅の話をし始めた。

「九州行ったときよ。くま川だか、くまの川だかの鮎はうまかったなぁ。丸々太っててよー、でかかったわ」

「鮎ももらえたんすか？」

「あー、でもヤマメは滅多にもらえんな。なんだか、みんなもったいぶって、ダメよ。せいぜい鮎だわ。ま、ウグイはよくくれるけどな」

おっちゃんが、ニタっと笑う。

「自分で釣らないいっすか？」

「釣りなんて、おめーだいっきらいよ。だいいち、メンドくせー、時間のムダ」

カーっ、言ってくれるぜ。人が釣った魚をあてにしてるくせして、なんちゅうおっちゃんだ。

どうやら、このオヤジ、人の情けにすがって生きているらしい。

「ま、日本ちゅー国は、だれかが釣りをしてるから、ありがてーよ、まったくな」

「でも、冬のあいだは、渓流は禁漁っすよ」

「そんなときは、海に行きゃーイイらー、な。海は、一年中だれか釣りをしてらー」

「はー、なるほどねぇ」

さらに話を聞くと、このおっちゃん、本も読まないし、タバコは一日に数本吸うだけだという。酒は少々やるらしいが、旅をしているのに、絵も描かなきゃ、写真も撮らないとのこと。いったい何が楽しみなんだろう。

そこんとこを聞いてみると、

「景色を見るのよ。いいぜー、景色は、タダだし、キレイだしな」

「け、景色っすか？」

「おうよ、日本は美しいぜ」

およそ、そんな「わびさび」とは縁のなさそうなおっちゃんの口から「美しい」なんて言葉を聞くと、力が抜けそうになった。

「俺の特技はよー、一日中、景色を見てられるってことだな」

「一日中っすか？」

「うん、一日中だ」

そう言うと、その日、最初の1本というタバコに火をつけた。

うまそうに、煙を吐き出す。

「あの、ご家族は……」

つい、聞いちゃった。

おっちゃん、煙を吐き出しながら、

「40のときに女房と別れてよー、以来メンドくせーから独身よ。もう5年も前だな」

どう見ても、45歳よりは老けて見えた。

「で、なんで、こうして放浪してんすか？」

「だって、おもしれーじゃん、日本全国旅ができてよー。毎日、旅行だろ。でもって、冬、寒くなりゃー、南に下ってよー、夏、暑くなりゃー、北にいきゃー、涼しいじゃん。な、いいだろ」

な、って言われてもなぁ……。

でも、なんか、楽しそうなおっちゃんだ。よく言えば、自由人って感じか。

「オメー、人間、仕事するために生まれてきたんじゃねーだろ。楽しむためよ、な」

「でも、仕事しなきゃ、食えないっしょ」

「バカ言えよー、俺なんかこうして、5年も堂々と生きてんじゃねーか。やりゃー、できるのよ、食ってくくらい」

堂々と、って、人にすがってんじゃねーか。調子いいオヤジだ。

でも、だんだん話をするうちに、この人が好きになっていった。なんつっても、欲がなかった。

それも、お金に関する頓着のなさが、とても好感が持てたのだ。

「俺も昔は町工場のオヤジよ。金型産業の名社長だったぜ。ま、いまは旅人だけどな」

旅人ってツラか……。それにしても、元社長だったのには驚いた。

「忙しいときは、一泊の旅行もできなかったんだぜ。だからいまは、最高だぜ」

本当に、満足そうに言う。

「おまけに、この軽トラがいいんだぜ、ガソリンも食わねーし、寝られるしな」

聞いてもいないのに、急に軽トラの自慢が始まった。何やら強引に車の所に連れていかれた。

見ると、後ろが改造されていて、寝られるようになっていた。

こりゃ、いいなぁ。

こんな感じの車なら、それこそ旅に向いてる気がした。

「これ、いいっすねぇ」

「だろ、雨露しのげて、寝られる。コイツがありゃー、怖いもんなしよ。金がなくなりゃ、どっかの町工場で三日もバイトすりゃー、一カ月は食えるしな。いい国だ、な」

「そ、そうなんすか？」

「おうよ、なんつっても、俺には技術があるからな」

得意そうに言った。

「ところで、おめーは学生か？」

最上川の軽トラのおっちゃん

「いや、サービス業に従事してます」

「へー、サービス業ねぇ」

坊主だとは、言いにくかった。

「ま、こうやって、釣り歩いたりできて、いい商売だなぁ」

「はー、お陰様で」

「まっ、オメーも釣りをするなら、徹底的にやりな。遠慮しててもつまんねーよ。どうせなら、人が釣らないようなスゲーのを釣れよー、な」

「じつは、こないだ、でかいイワナを釣り落として……」

「オー、それを釣れよ、な、デカイのを釣って自慢しろよ」

「じ、自慢すか？」

「そうよー、自慢しなきゃ、つまんねーじゃん。そのためにやってんだろ、釣りを」

「そ、そのためってわけじゃないっすけど……」

「バーカ、自慢するんだよ、な、自慢しろよ、な」

わけがわかんない。でも、おもしろいおっちゃんだ。

「よく、魚拓とかとってんじゃねーか、あれ、自慢するためだろ。だったら、オメーも、でかいの釣って、自慢しろよ、な」

「そうすねー、自慢かー……」

「人間自慢するってのは、楽しいぜ。俺も、昔は仕事も女房も自慢したもんだぜ。ま、もうどうでもいいけどよ」

「いま、仕事はする気はないんですか？」

「もういいぜー、さんざん稼いだし、これからは、旅だよ、旅。金がなくなりゃ、バイトすりゃいいのさ。なんつっても技術があるからな、俺には」

いつしか、すっかり、このおっちゃんが好きになっていた。自慢もするし、鼻持ちならないところもあるけど、妙に人間くさかった。それも、正直で飾り気のないところが、とても自然に感じられたのだ。

まさに、自由人だ。

自由という言葉をあまり深く考えたことのなかった僕にとって、この出会いは刺激的だった。お金と幸せが、必ずしも一致しないことも教えてもらった気がした。

お金に執着心がなく、日本中の景色を見ながら旅をするなんて、ある意味、達観した高僧のようであった。

結局、この晩は、このおっちゃんと一緒に過ごした。ズルズルと流れで別れ難くなっていたのだ。

焚き火を囲んで、僕のウイスキーをうまそうに呑む。

「へへ、ワリーな、ゴチになって」

「いえ、僕も、楽しいっすから」

その夜は遅くまで語り合った。おっちゃんの話はとても刺激的で、大いに触発されたものである。

この頃は、すでに源流行を実践していて、2～3日、山の中で過ごしてはいたんだけど、このおっちゃんとの出会いが、後の年間百日以上を山の中で過ごすスタイルへと道をつけてくれたのは間違いない。

日本全国すべてが自分の故郷である、と言ってはばからないこのおっちゃんは、いつしか旅の、いや、人生の達人に思えてきた。

「まぁ、○○さんも、体には気をつけてくださいよ。病気にでもなったら、大変すよ」

酔った勢いで、おっちゃんの身を案じてあげた。

「おうよ、そこだぜ。でもな、まぁ、ストレスもねーしよ、健康的な食事をしてっから、そこそこ長生きするだろうぜ」

そう言いながら、この日3本目のタバコをうまそうにくゆらしていた。

翌朝、二日酔いの頭に喝を入れ、なんとか型のいいイワナをゲットした僕は、おっちゃんにプレゼントして、お別れをした。

「じゃ、いつまでも元気で旅してください」

「おう、ありがとよ。またいつかどこかで会えるんじゃねーか。その日を楽しみにしてるぜ」

おっちゃんは、いつまでも手を振って見送ってくれた。僕も、バックミラーで見えなくなるまで手を挙げていた。

この日以来、このおっちゃんと再会することはなかったけど、間違いなく、元気に旅を続けていることだろう。

全国を軽トラで旅する、このおっちゃんに乾杯だ。

利根川の任侠鮎師

小さい頃から、大工さんに憧れていた。口に釘をくわえて、トンカントンカンやるのが、たまらなくかっこよかった。畳屋さんも好きだった。太い針を畳の下から出して、ギュッギュってやる姿が、なんとも好きだった。そばに座って、一日中眺めていたもんだ。

つまり、職人さんに、憧れていたのかもしれない。幼稚園や小学校の低学年の頃の写真で、腰のベルトにトンカチをさして得意げになってる一葉がある。鉄砲や刀より、「道具好き」だったのだ。いまでも、もしお坊さんになってなかったら、大工さんになっていたかも、なんてときどき思う。ホントにそう思うのだ。

そして、大工さんといえば、とても印象深い人との出会いがあった。

ある夏の日、僕は利根川の大ヤマメを狙うべく、車を走らせていた。午後3時頃、河原に着いた僕は、ゆっくりとテントを張り、薪を集めて、ビバークの準備万端。やることをやってしまえば、あとは釣るだけだ。

僕は自作のフライを抱いて、勇躍、河原で暗くなるのを待っていた。イブニング・ライズにかけるのだ。

と、ひとりの鮎釣り師が、下流から上ってきた。見ているとかなりうまいみたい。形がサマになっている。

目の前のいい瀬におとり鮎を誘導して、構えている。じっと見つめていると、目印が、グーッと、走った。

きたっ!!

おじさん、スッと竿を立てて合わせた。しかし、魚はかなりの大物のようで、走られている。グイグイ引っ張られだした。

と、次の瞬間だ。

いきなり、このお方が、前のめりにこけたのだ。もう、竿も放り出して、頭から水に突っ込んじゃった。

あっ!!

僕は声を出して、そのおじさんの下に駆け寄った。

「大丈夫ですか?」

「あぁ○△∵×……」

何を言っているのかよくわからない。

とにかく僕は水に入って、竿を追いかけた。かなり、下まで流されてる。

ようやくして追いついても、水の勢いがすごくて、今度は僕が流され始めた。

や、やばいな……。

竿をつかみながら、必死に岸へと足を蹴った。

「おーい、おーい」

さっきのおじさんが、僕のほうへと向かってくる。流されながら、なんとかおじさんの手をつかんだ。

「よしっ、大丈夫だ。はなすなよっ」

「はいーっ」

おじさんが僕を引っ張り上げる形で、なんとか岸にたどり着いた。

ぜーぜーぜー……。

声も出ない。

「だ、だいじょうぶか……」

「は、はい」

とにかくふたりともびしょびしょ。濡れネズミとはこのことだ。

「イヤー、わるかったな」

落ち着いた頃、おじさんが笑いながら言った。

「いえ、大丈夫ですよ。それより、竿が無事でよかったっすね」

「はは、命が何よりよ。竿なんてどうでもいいのに、わるかったな」

何回も謝られて、恐縮である。

「でかい鮎に気を取られて、足が滑ってこのザマさ。みっともねーよなぁ」

「いやー、よくありますよ。それにしても、でかそうな鮎でしたねぇ」

「はは、ここの鮎は来れば尺近いからなぁ」

「そんなにでかいんすか？」

「あー、でかいよ。それより、あんた、鮎を釣るんじゃないのか？」

「いえ、僕は、フライでヤマメを狙いに来ました」

「ヤマメ？　この時期に釣れるのか？」

「うーん、なんとも言えないんですけど、やってみようかと」

「その、フライってのは毛針か？」

「えぇ、これです」

僕は、フライの道具を一式見せた。

「おもしろそうだけど、こんなんで釣れんのか？」

「いいときは、エサより出ます」

「エサよりか……」

僕のフライをまじまじと見つめる。

「よし、いっちょ、釣るとこを見せてもらうか」

おじさんが言う。

「鮎は、もう釣らないんですか？」

「あぁ、アヤがついたし、もう暗くなるから、どっちにしろ終わりだ」

「そうすかー、じゃー、フライを振ってみます。うまく釣れるといいんですけど……」

ふたりとも、濡れネズミだったけど、夏なので、気にもせず、釣りに興じた。

僕は、釣れないとかっこわるいなぁ、なんて思ったけど、まぁ釣れなきゃー、飽きて帰ってしまうだろうと、気楽に考え、支度を始めた。

ちょうど辺りも暗くなり始め、ハッチも始まったようだ。

「かなり暗くなってきたけど、大丈夫か？」

「えぇ、暗いほうがいいんです」

「ほー、そんなもんか」

いぶかしそうに見つめるおじさんを尻目に、僕はライズを探した。と、すぐ上の瀬でライズがあった。けっこういいライズだ。

12番のカディスを慎重に振り込むと、すぐに魚が飛びついた。

合わせると、気持ちよくフッキングした。かなりでかいようだ。

「おおっ、きたなっ」

おじさんが叫ぶ。

ゆっくりと寄せてくると、なんといきなり尺近いヤマメだった。

「おー、でけーでけーっ。いいヤマメだっ」

おじさん、興奮して身を乗り出してきた。僕は、釣れてくれたのでひと安心だ。

「オー、ほんとに釣れるなぁ、スゲーなぁ、フライってやつは」

「えぇ、出るときは驚くほど釣れます」

「しっかし、こんだけ暗くても、ヤマメは追うんだなぁ」

「えぇ、かなり暗くても、フライには飛びつきますよ」

「ほー、このフライってやつはすごいぜ」

おじさん、何度も感心して言う。

僕は、このゴールデン・タイムを逃すまいと、尺ヤマメを求めてフライを振り続けた。

で、なんと、その後、32㎝のヤマメと、29㎝のヤマメが続けて釣れ、納竿までに6本ほど尺近いのが出たのだ。

興奮したのが、おじさん。もう、ずっと「すげーすげー」を連発していた。

僕は、はらわたを出し、2匹は塩焼きにし、あとは三枚におろして、フライパンでムニエルにしてみることにした。

もちろん、おじさんを夕餉《ゆうげ》に誘っていた。

「いやー、わるいなゴチになって」

「いえ、僕もひとりよりふたりのほうが楽しいっすから」

とりあえず、ウイスキーで乾杯だ。おじさんは一気にあおった。

「かー、うめーなぁ」

「はは、安いウイスキーですいません。いま、ムニエル作りますから、やっててください」

「あー、遠慮なくやらしてもらうよ」

それからは、宴会である。ふたりで、よく食べて、よく呑んだ。

「あんた、いつも、キャンプして釣り歩いてんのかい」

「えぇ、主に東北の渓流に通ってます」

「東北かー」

「えぇ、一度入ると、一週間から十日はキャンプします」

「はー、好きだなぁ。俺も釣りに関しては、バカがつくほど好きだけど、あんたもスゲーなぁ」

ほどなく、ヤマメも焼けてきた。

「ヤマメの塩焼きなんて、久しぶりだ」

「いつもは鮎ですか？」

「おう、鮎もうめーからなぁ」

そう言うと、おじさん、ヤマメに食いついた。

「おう、やっぱうめーわ、ヤマメも」

相好をくずして言う。

僕は、おじさんにウイスキーを注ぎ足した。

「鮎は、死んだお袋が好きでなぁ」

おじさんがぽつんと言った。

「そ、そうなんですか？　もう亡くなられたんですか？」

「おう、まぁ、親不孝ばっかしてよー俺も、でな、せめてもの孝行に、鮎を釣って、おふくろにお供えしてんだよ」

「そうですかー……」

「はは、まぁ、鮎釣りがおもしれーってのが、本音だけどよ」

おじさんは、照れくさそうに言った。

それから、しばらくは、無言で呑み続けた。

少し酔ったところで、おじさんに仕事を聞いてみた。

そして驚いた。

「おう、俺は土建屋の専務よ。ま、肩書きはな」

「専務さんですかー」

「まぁ、脇でやんちゃもしてるけどな」

そう言うと、左手を広げて見せた。

よく見ると、小指が短い。そして、そっと肩を出した。そこには、焚き火の淡い光に浮き上がる絵模様が現れていた。

ははーん、なるほど、そういうことか。

「そうなんですね」

「そういうことさ」

ふたりで笑った。

「けどよう、もうこの稼業も疲れたから、本気で釣りのトーナメンターを目指してんだぜ」

「釣りのトーナメンターですか？」

「あぁ、もうやんちゃも疲れたからな」

「でも、バスなら大会も徐々に増えてますけど、稼ぎになるような大会が、まだあまりないんじゃないですか？」

「そうよ、そこよ。けど、バス釣りなんて性に合わねーしよ。海もやるけど、大会なんてなかなかねーしなぁ。これで食えりゃー、言うことねーんだけどな」

この頃は、釣りのトーナメントも、いまほど盛んじゃなかった。それこそ、数えるくらいしか開

利根川の任侠鮎師

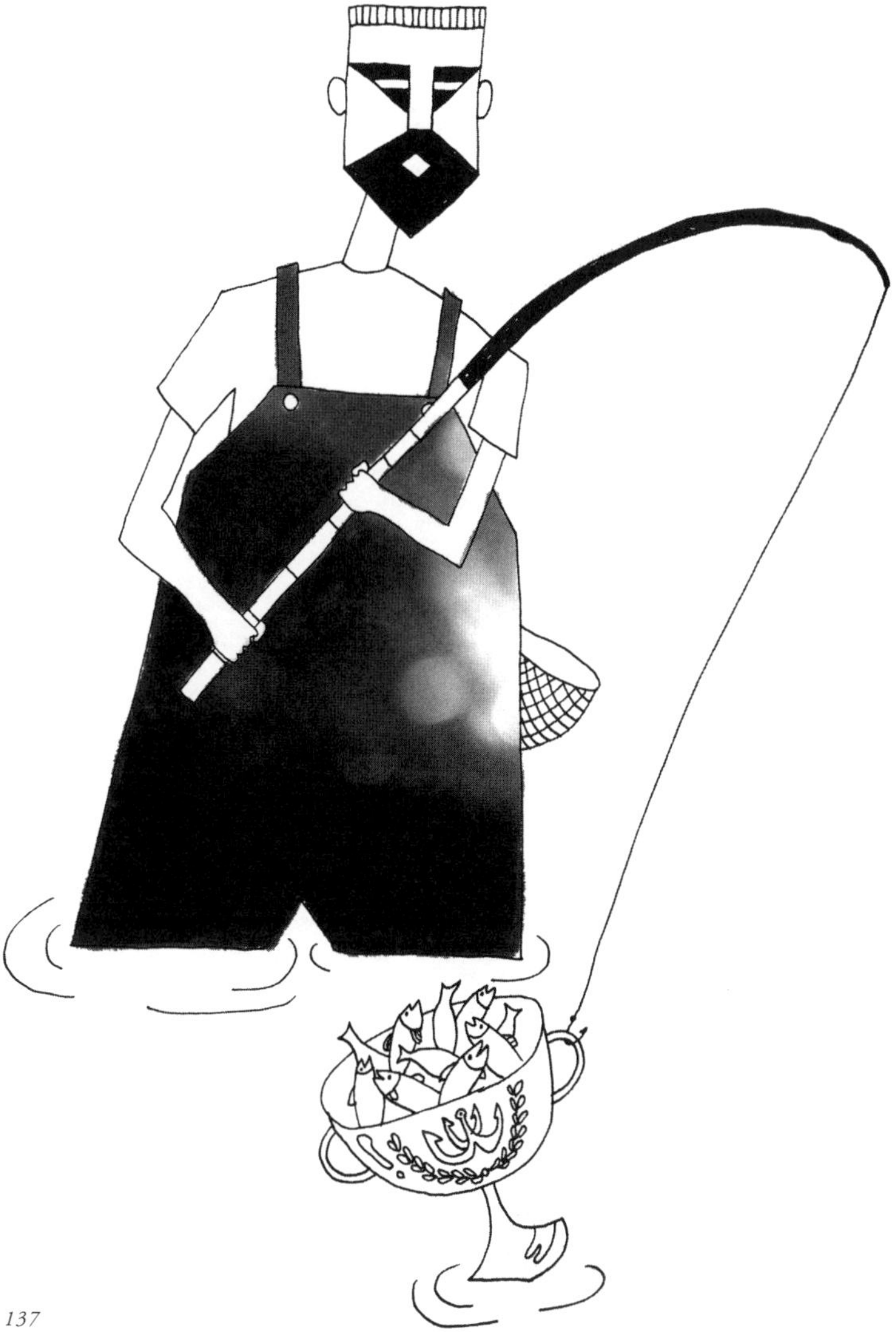

催されていなかったのだ。

　それにしても、この任侠さん、じつにおもしろいお方だ。

「釣りはいいなぁ、こんなおもしれーもん、他にねーな」

「そうですよねぇ、でも、たまにデカイのを釣り落とすと、やたらクヤシーすけど」

「おう、確かになぁ。さっきの鮎もでかかったしなぁ」

　任侠さんは笑った。

「俺に金がありゃー,もっと大会を増やして、釣りの世界を盛り上げてやれるのになぁ」

「いいですねぇ。そうしたら、僕も大会に出まくりますよ」

「おう、あの、フライってやつでヤマメの大会に出りゃー、あんたも優勝候補だな」

「そんなことは、ないっすけど……」

　任侠さん、僕にウイスキーを注いでくれた。僕は頭を下げた。

「これからは、もう、きったはったの時代じゃねー気がするのよ」

「そうなんですか」

「土建屋って時代も終わるだろうよ。俺ももう50を過ぎたからな。これからは、自分の好きなことでめしを食っていきてーってのが、本音よ」

　そう言うと、ウイスキーをぐっと呑み干した。

「大工なんていいよなぁ」

　言いながら、タバコに火をつけた。

「大工……すか」

「おう、自分が一生懸命家を造って、それに住んでもらって喜ばれる。でもって、金にもなる。いい仕事だぜ。そういうことをやってりゃー、きっと死ぬときも満足して死ねるんだろうな」

そう言いながら、煙を吐き出す横顔が、とても粋でかっこよかった。

「じつは、僕も、小さい頃から大工さんに憧れていたんです」

「おー、あんたもか。大工ってやつぁー江戸時代には、諸職の上《かみ》、つまりいろんな仕事のなかでも、いちばん上ってことだったらしいぜ」

「へー、そうなんですか？」

「いいよなぁ、家を造るなんてのは、最高だぜ」

「はい、ほんと、かっこいいですよね」

任侠さん、気持ちよさそうに煙を吐き出した。

「そりゃそうと、俺にも、このフライってやつを教えてくれよ。こいつぁおもしれーな」

「ええ、やってみますか？」

「おうたのまー」

僕は、焚き火の薄明かりの中、任侠さんにロッドの握り方や振り方を教えた。

「おう、なかなか、難しいもんだなぁ」

「一度覚えちゃえば、簡単ですよ」

「そうかー、よし、こりゃ、おもしれーぜ」

そう言うと、暗がりの中、いつまでもロッドを振っていた。

本当に、釣り好きのお方である。

そんなんで、夜遅くまで過ごし、しばらくして、懐中電灯で任侠さんの車まで見送った。

「大丈夫ですか？」

「おう、おれっちはこの近くだから平気さ。それより、今日はありがとよ。ヤマメもうまかったぜ」

「いえ、こちらこそ、楽しい話をどうも」

「ありゃ、おい内緒だぜ。人に聞かせらんねー話だからよ」

任侠さんは笑ってる。

「はい、大丈夫です」

「じゃーな、ここらで困ったことがあったらいつでも言ってきな。力になるぜ」

任侠さんは、会社の名前を言うと、かっこよく高級車を走らせた。

僕は、しばらく見送っていた。

おもしろい出会いに、おもしろい話。僕はニンマリしながら、空のウイスキーの瓶をしまって、寝袋に潜り込んだ。

ふたりでボトル1本空けたせいか、いつにもまして寝入るのが早かった。


次の朝、なんか声がして目が覚めた。

テントから顔を出してみると、任侠さんだ。

「あー、おはようございます」

「おう、夕べはゴチになったな」

ニコニコしながら、任侠さんは、ウイスキーを僕に差し出した。

見ると、レミー・マルタンだった。

「こ、こんな高いお酒をいただくわけには……」

「いいってことよ。もらっとけよ」

「じゃー、すいません」

僕はテントから這い出し、頭を下げた。なにやら頭痛がした。

「そりゃそうと、あんたさえよけりゃ、また、フライを教わりてーんだけど、どうかな」

任侠さんが、耳たぶをもみながら言う。

「あっ、いいですよ。やりましょう」

「でも、あんた飯は?」

「えぇ、頭がガンガンするんであとでいいです」

本音だった。夕べ、任侠さんと飲み過ぎて二日酔いである。

「はは、あれっぽっちで二日酔いか、若いのに」

勘弁である。

そんなんで、早速支度をして、川に向かった。

それから、ふたりで、朝の1時間、フライ・フィッシングに興じた。

驚いたのは、任侠さんの覚えの早さだ。言ったことをどんどん吸収してゆく。

ダブル・ホールもすぐにできたし、何より手際がいい。釣りにおいて、この手際のよさってやつは、ホント、釣果を左右する。

「いやー、○○さん、うまいっすよー」

「そうかー、こんなんでいいのか」

すっかり感心していると、その一発が来た。なんと、任侠さんのフライにヤマメが飛びついたのだ。

「合わせてっ！」

「よっしゃっ」

みごとにかかった。完全にフッキングしてる。

「あー、やったやった」

「おう、釣れたぜー」

手元に寄せてくると、これまたみごとな魚体。27㎝はあるだろう。

「いいヤマメっすねー」

「おう、久しぶりだ。ヤマメなんて釣るのはよー」

任侠さん、目を丸くして喜んでる。

「こりゃー、ほんと、おもしれーなぁ」

「えぇ、おもしろいっす」

「やったぜ」

「やりましたね」

ふたりで握手した。

それから半日ほど遊び、任侠さん、もう1匹ゲットした。

じつに楽しそうであった。

「そろそろ上がるよ、今日は、午後から仕事なんでな」

「そうなんですか」

「あぁ、この二日、楽しかったぜ。あんたのおかげだ」

「いやー、○○さんも、フライの上達が早いんで驚きました」

「あぁ、これからフライを覚えるぞ。今度は巻くのも教えてくれよ」

「はい、今度、道具を持ってきます」

「おう待ってるぜ」

僕は、夕べ同様、車まで見送った。

道すがら「あんた、おれっちの稼業の人間に接しても、気後れしねーようけど、なんでだい」と聞かれた。

「じつは、大学時代、新宿の雀荘に入り浸っていたんです。そこで、小沢さんていう、○○さんと同じ稼業の人に、人生を教えてもらったんです。いわば、師匠なんです」

「おう、そうかい。それで、気後れしねーんだな。で、その人は、いい人だったかい」

「えぇ、寡黙な人でしたけど、いろいろと、教えてもらいました」

「そりゃー、よかったな」

「はい……」

任侠さんは、口元に笑みを浮かべ、肩をたたいてくれた。

10分ほど歩いて、車の所に着いた。

「じゃーな、楽しかったよ。あんたも釣り落としたっていう、でかいイワナを釣って、カタキをとんなよ」

「はい、ありがとうございます。頑張ります。○○さんも元気で」

「ここらで困ったことがあったらいつでも言ってきな。力になるぜ」

名刺を僕の手に渡し、再びそう言って、窓から手を出して、走り去っていった。

じつにかっこよく、さわやかだった。


これは、たまたまだろうけど、僕が親しくなる「ソノ筋」の人たちは、なぜかいい人が多い。過去に何をしてきたかはまったく知らないけど、いまを生きる達人ばかりだ。

多少、お上の手をわずらわせただろうけど、いまだけを見ると、じつに味わい深い人たちばかりなのだ。

教わることも多い。

よく、表と裏、悪と善は、表裏一体と言うけど、こういう人たちに接すると、それがよくわかる。酸いも甘いも知り尽くし、命のやりとりを経ると、その向こうには、案外、欲のない無垢な世界が開けているのかもしれない。

この任侠さんからも、そういう雰囲気を感じたし、雀荘で出会った人生の師匠である小沢さんからも、そういった雰囲気をいつも感じていたのである。

大工になりたいって言った任侠さんの言葉、案外、本音なのかもしれない。激しい一生を送ると、ある時期、ふと自分の人生を顧みて、自らの足跡を残したくもあり、また、人に喜ばれることで生業を立てることが、生きている証に思えてくることもあるのだろう。

諸職の上……。いい言葉である。

僕のなかで、またまた大工さんに対する憧れが再燃したものだ。


その翌月、僕は、去年やられた八久和川支流の出谷川《でやがわ》で、先年のカタキを討つことができ、みごと53㎝のイワナをゲットしたのである。

このイワナの写真を、自作のフライとともに、任侠さんちに送ったら、後日、お祝いと称して、デカイ蘭が届いた。家中のものが驚くほどのデカさだった。

なかには「やったな、おめでとう」という手紙が添えられており、一葉の写真が出てきた。見ると、なんと任侠さん、フライで尺ヤマメを手にしていた。

さすがである。

教えるまでもなく、自分でフライを巻き、尺ヤマメをゲットしたのであろう。

写真の裏には、

「トーナメントで会おうぜ!!」

と、書かれていた。

石鯛釣りにハマったじいちゃん

石鯛釣りに熱中していた頃、ひとりのじいちゃんと仲よくなった。

名前は、佐久間さん。年は70のちょっと手前らしい。

とにかく石鯛釣りが好きで、年金も貯金もすべて石鯛釣りにつぎ込んでいるじいちゃんだった。

僕も佐久間のじいちゃんも西伊豆のN港がホームグラウンドで、使う釣り宿もいつも同じ。寝酒を酌み交わすうちに、自然と仲よくなった。


このじいちゃん、知り合った当時、この船宿でちょっとした話題になっていた。と言うのも、釣れないのだ。石鯛にすっかり嫌われてしまい、何十と連敗しているらしい。船長も気の毒に思ってしまい、いつも気を遣っていた。実績のある磯に、率先してじいちゃんを乗せていたのだ。

なのに、まったく釣れない。たまに来ても、イシガキダイの小さいのがせいぜいだった。

それでも、せっせと通いつめていた。

船宿には佐久間のじいちゃんが釣った4kgの石鯛の魚拓が貼ってあるんだけど、日付は5年ほど前のものだった。

どうやら、それから一匹も釣れていないらしい。

普通、5年も釣れないと嫌になる。僕なんかじゃー、すっかり石鯛釣りに嫌気がさし、脇の釣りにさっさと引っ越しちゃうだろう。

なのに、このじいちゃん、よほど、この4kgの石鯛が胸に刻まれているのか、一切浮気をせず、ひたすら石鯛を追っているのだ。

僕には、なんとなく佐久間のじいちゃんが釣れない理由がわかっていた。

一度、同じ磯に乗った時だ。隣で釣ってるじいちゃんの所作が、嫌でも目に入った。その一挙手一投足に見入っていると、あることに気づいた。

それは、手返しのわるさに加え、合わせのタイミングのわるさだった。投入にせよ、巻き取りにせよ、果ては合わせにいたるまで、手返し、タイミングがわるすぎた。特に、石鯛釣りにおいて、合わせのタイミングは、まともに釣果に影響する。

ヤツらは、最初ウニなんかの殻を割る。何回もウニを突いて中身を出そうとする。そのときに、小さいアタリが出る。ときには、大きくアタリが出ることもある。しかし、それはあくまでも本アタリではなく、前アタリなのだ。ここで合わせても、石鯛はかからない。

しばらくして中身に食いつき、本アタリが出る。ここからが石鯛釣りの難しいところ。僕もいまだに悩むポイントで、本アタリが何回か出たあと、どのタイミングで合わせるのかが難しい。

つまり、早すぎても、遅すぎてもダメ。

僕はだいたい2回目にグーっと持っていかれたときに合わせるんだけど、それも僕的には万全とは言えなかった。なぜなら、けっこう空振りが多かったからだ。

ここはいまだに試行錯誤を繰り返す、悩み多いポイントだ。

で、佐久間のじいちゃんは、このアワセがじつにわるかった。とにかく早いのだ。前述の前アタリの段階で一気に合わせちゃう。

当然、空振りである。

あ〜ぁ、じいちゃん、早いよー。

心のなかでつぶやいたが、声に出しては言えなかった。僕も合わせに絶対の自信を持っていないのだ。他人に偉そうに言えるわけがない。

それにしても、明らかに早い合わせに見ていて歯がゆかったものだ。

それ以来、じいちゃんと同じ磯には乗っていないけど、おそらく合わせに苦労しているに違いない。

なんせ、5年間、空振りなのだから。

あらら奇跡が……!!

6月、梅雨の合間のある晴れた日。

僕は、夕方からヤドカリ捕りに集中していた。

N港に行く途中の防波堤で、いつもヤドカリを調達するのだ。運がいいときには、ガンガゼ（ウニ）も捕れる絶好のポイントである。

なるべくお金を使わないようにしていたのだ。サザエはしようがなく買っていたけど、ウニとヤドカリは、自分で調達するのが常だった。20代の頃は、サザエも潜って捕っていたもんである。

その日もそこそこ収穫があり、いつもの釣り宿に向かうと、佐久間さんがすでに来ていた。

「どもっす」

「おう、ひぐちさん、今日もヤドカニは捕れたかい？」

佐久間のじいちゃんは、ヤドカリのことを、ヤドカニと言う。方言なのかは不明である。

「えぇ、ぼちぼち捕れました」

「はは、あんたはいいなぁ、金がかからんで」

「いやー、宿に泊まって、船に乗るだけでも、お金かかりますからねー、少しでも節約しないと」

「まったくなぁ……」

じいちゃんはしみじみつぶやいて、コップ酒を口に運んだ。じいちゃんは、エサはすべて買い込んでいたのだ。金銭的な負担もハンパじゃないだろう。ヤドカリもウニも、買えばけっこうするからだ。

僕は寝支度をしてから、じいちゃんと酒を酌み交わした。釣り客は他にいなかった。お互いに持参の肴をやりとりして、いい気分になってから、もうひとつの楽しみに興じた。

それは、囲碁だ。

僕も佐久間のじいちゃんも囲碁が大好き。いつも決まって一局打つのだ。それ以上打ってると釣りに差し障るので、一局と決めていた。

取ったり取られたりのヘボ碁を楽しんだ僕らは、いい気分で寝床に入った。ちなみに、囲碁はじいちゃんの勝ちだった。

翌朝、海はややシケていた。

僕らは、どの磯に乗るか、船長と話し合った。

で、海の状況から、今日はS磯がいいだろうということになった。

S磯なら、多少海が荒れても安全だったからだ。当然、佐久間のじいちゃんも一緒だった。

「じゃ、ひぐちさん、今日はお願いしますよ」

「こちらこそ、佐久間さん、よろしくです」

港を出て、15分くらいでS磯に着く。佐久間さんも危なげなく磯に渡った。

釣り座を決めるとき、僕は足場のいい場所をじいちゃんに譲った。その頃から、僕の心のなかで、今日はじいちゃんに釣らせたい、という思いが生じ始めていた。もちろん、自分だって釣りたいけど、じいちゃんが石鯛をゲットするお手伝いがしたかった。

ピトンを打って、釣り座を確保した僕は、じいちゃんの世話を焼いた。水を汲んであげたり、ガンガゼのトゲを切って仕掛けにつけやすいようにしてあげたりした。

じいちゃんは、「ありがと、わりーね～」と喜んでくれた。

「じゃー、僕も、仕掛けブッ込んできますから、佐久間さんも頑張って」

「おう、頑張るよ」

僕は釣り座について、ガンガゼをつけてから目の前のポイントに投げ入れた。遠投の必要はない。周りの情報から、30mくらいに根があり、そこがポイントなのはわかっていた。

カウンターで距離を取り、竿受けに置いてから、一服つけた。

この日の潮はよかった。海はやや荒れ気味だったけど、潮はごく普通にそれなりの動きをしている。こういう潮が大好きだった。

変にいつもと違う潮で、大釣りをしたことはなかったし、早く動き過ぎたり、大雨のあとの二枚潮なんかだと、いきなりやる気をそがれちゃうのだ。

いい潮だ……。

ひとりごちて、じいちゃんのほうを見る。

じいちゃんは、一本竿の先をじっと見ている。じつにいい顔だ。実際の年よりは老けて見えるけど、今の顔は精悍そのもの。鋭さがあった。

煙を吐き出しながら自分の竿を見ると、コンコンと、小さなアタリが来ていた。

ドクッと、心臓が鼓動を打った。外道か、または、本命がウニのカラをつついているのだ。

気合を入れ、竿受けに手をかけた。緊張の瞬間だ。

すると、ゴン、ゴンと、竿がたたかれた。

前アタリだっ、イシかっ！

じっと目を凝らして、本アタリを待つ。

すぐに、グーっと、大きくあおられた。

きたっ‼

しかし、僕は、もう一度、本アタリを待った。いつものように、2回目の本アタリで大きく合わせようと決めていた。

しかし、なかなか2回目の本アタリが来ない。

くそ〜、しくじったかなぁ。

そのとき、ようやくグーっと入ってくれた。

よっしゃ!!

僕は、ここぞとばかりに一気に竿をあおって合わせた。感触はあった。

かかったぞ!!!

声に出して、気持ちのたかぶりを吐き出した。

ところが、そのあとの引きがなんとも弱い。重いけど、弱いのだ。

ありゃ、こりゃ、本命じゃねーのかな。

いつものイシモノとは違う重さと引きに戸惑いながらゆっくりと寄せてくると、青っぽい色が水面下で確認できた。
ブ、ブダイちゃんか……。
そう、獲物はブダイだった。まぁ、よくある外道だ。僕は、波に合わせて一気に抜き上げた。

岩の上に引き上げられたブダイは、２kg弱のヤツだった。

まぁ、外道とはいえ、これはこれで美味なので、そうがっかりってことはない。

「えぇ、ブダイだな、そいつァー、うまいぞ」

じいちゃんが、声をかけてくれる。

「ありがとう、でも、外道だからね」

針から外して、クーラーに入れようとしていたときだ。

「おいっ！　きた、きたー」

じいちゃんが叫んだ。

僕は事態を即座に理解し、さっさとブダイをしまうと、じいちゃんの下へ跳んでいった。確かに、じいちゃんの竿先が、小さくたたかれている。

「佐久間さんまだだよ。本アタリまで待ちなよっ！」

「あ、ああ……」

じいちゃん、しかし、もう待っていられないくらい竿に手をかけてスタンバっている。気持ちもテンパってるようだ。

竿先が、グーっと持っていかれた。

よし、最初の本アタリだ、いいぞ、いよいよ次だぞ!!

この僕の叫びなんぞ、どこ吹く風。

なんと、じいちゃん、最初の本アタリで合わせちゃった。

「あ〜、佐久間さん、早いよ、ダメーっ」

案の定、みごとに空振り。竿はなんの重さもなく、軽々上がっていた。

「は、はやかったかね……」

じいちゃん、ほうけたように言う。

「早いよ、絶対早い。もう一回本アタリが来たら合わせてよかったんだよ」

「そ、そうかー……」

じいちゃん、力なく、糸を巻き取る。

やはり、早かったのだ。こうして近くから見て、改めて確信した。じいちゃんの敗因は、間違いなく早合わせなのだった。

「いまのは、本物かなぁ」

針先を見つめながら、じいちゃんがつぶやく。

「うん、たぶん、イシだよ。じいちゃん、エサはガンガゼだよね。あの前アタリは、明らかにウニを突いてるイシって感じだったよ」

「そうかー、そうだよなー……」

じいちゃん、がっくしだ。その落ち込みようがすごかった。泣き出すんじゃないかってくらい、打ちひしがれている。

「大丈夫だよ、佐久間さん。すぐに次のが来るさ」


しかし、その後も頻繁に前アタリは出るんだけど、本アタリまでなかなかいかない。イマイチ、食いがわるいようだ。

どの釣りでもそうだけど、ちょっとした具合で、食いがわるい状況に見舞われるときがある。これは、自然や生き物が相手だから仕方がないといえば、そうである。

しかし、じいちゃん、あせりまくっていた。

「おいー、くやしーなぁ。もっと、グーっと持っていかんかなぁ……」

「うーん、なんか、食いがイマイチだよねぇ」

ここで、僕は一計を案じた。

それは、エサをヤドカリに変えて、勝負してみるのだ。ヤドカリは、ウニと違って柔らかいから、勝負は早い。

僕も、ウニで釣っていてなかなか針掛かりしにくいときに、ヤドカリを投入して成功したことが何回かあった。

じれてる石鯛に柔らかいエサを与えて、一気に食い込ませるのだ。

気ぜわしいじいちゃん向きな気がした。

「じいちゃん、待ってて、いまヤドカリ持ってくるから」

「ヤドカニかい、いいのかい?」

「いいよ、待ってて」

僕は、自分のパッカンの中でうごめくヤドカリを一匹つかんで、じいちゃんの下へ駆け寄った。

「よし、これでいってみよう」

硬い殻の部分も全部取り、柔らかい身だけにして、じいちゃんに渡した。

「おう、あんがとよ。こういうふうに、身だけにするのがいいのかい?」

「うん、ヤツらはガンガゼでじれてるから、いきなり食いやすいこいつが目の前にくれば、一発で食ってくるって寸法さ」

「ふーん、そんなもんかー」

じいちゃん、よっぽど、ガンガゼばかりでやっていたんだろう。ヤドカリを使う人なら、だれでも知っていることだ。

慣れないエサで、ようやく仕掛けの準備を整えたじいちゃんは、先ほどのポイントに投入した。

投入点は、バッチリだ。

ふたりとも息を殺して竿先を見つめる。

と、すぐに、ガクンガクンと、小刻みなアタリが来た。

「きたっ、きたよっ！」

じいちゃん、早くも竿を握って、態勢を作ってる。

「まだだよ、佐久間さん。まだまだっ」

僕は制するように、佐久間さんの手の上に自分の手を置いた。

すると、本アタリのような、でかいアタリが来た。

「きたっ！」

その瞬間、じいちゃんは僕の手を振り払って、一気に合わせた。

おいおい、いくらヤドカリでも、少し早いんじゃねーのー、と心のなかで叫んでいたけど、なんと、事態はえらい方向に向かっていた。

「キターッ、ひぐちさんきたよー」

見ると、じいちゃんの竿が、満月に曲がっている。

う、嘘だろー。

「じいちゃん、頑張れよ、本物だぞっ!!」

先走って本物だって言っちゃったけど、そうであってくれと願った。それにしても、あの合わせでよく来たもんだ。でも、ひょっとすると、口の皮一枚かもしれない。

「おうおうおー」

じいちゃんは、ヤツの思うがままに引っ張られている。

「じいちゃん、耐えろっ、すぐにこっちのペースになるからね」

石鯛は、確かにスゲー魚で、磯の王者なんだけど、なんせ、こっちの仕掛けはごつい。よほどのことがない限り、糸が切られるなんてことはない。だから、じっくりとヤツと対峙すれば、自ずとチャンスは巡ってくる。ゆえに、最初の走りには、ひたすら耐えていればいいのだ。


ほどなく、じいちゃんの石鯛も引きが弱まってきた。

「じいちゃん、そろそろ勝負しよう」

「う、うんっ、わかったよっ」

「じいちゃん、巻いてっ」

「は、はいよ」

じいちゃん、必死で糸を巻き取る。

「よしっ、見えてきたよ、本物だ。次の波で、一気に抜き上げてみて」

「ほ、本物かー、よしっ、上げるよ」

僕は、波の様子をうかがう。

「いまだっ、上げてっ!!」

「あいよー、うおーっ」

じいちゃん、渾身の力で抜き上げた。

いい型のイシが、すぐしたの岩場に抜き上げられた。僕は急いで降りてゆき、じいちゃんの獲物を両手で押さえつけた。

「ヤッター、やったよ佐久間さん。みごとなイシだよっ」

「オー、やった、やったよー」

じいちゃん、大喜びだ。

僕は岩をよじ登り、戦利品をじいちゃんに見せた。

「おー、本物だなー、いいなぁ」

目を丸くして見つめる。

僕もすっかり興奮していた。

「やったねー、よかったねー」

「あ〜、ありがとよ、あんたのおかげダー」

じんちゃん、顔をクシャクシャにして、笑った。

じいちゃんと握手して、ようやく冷静になった僕は、石鯛を見てぞっとした。

やはり、口の皮一枚か二枚の薄さで針がかかっていたのだ。

あの合わせじゃー、無理もない。よくバラさなかったもんである。ガンガゼじゃ、間違いなく早かったろう。ヤドカリ作戦が、功を奏したのかもしれなかった。


「佐久間さん、危なかったねぇ。皮一枚だよ」

「ほんとだなぁ、よくバレなかったなぁ」

「まぁ、佐久間さんの腕がよかったのさ。おめでとう」

「そ、そうかい、ありがとよ」

やや照れながら、獲物をクーラーボックスにしまった。このクーラーボックスも、じつに5年ぶりに、その役目を果たすときが来たのだ。

僕はホッとして、一服つけた。

石鯛は、3・5kgくらいだろう。前回の獲物よりは小さいかもしれない。しかし、こんだけいいイシなら、じいちゃんも満足だろう。

それになんつっても、5年ぶりの本物である。クラッカー百発くらい鳴らして、お祝いしてやらなくちゃー。

じいちゃんは、余韻に浸るように、いつまでもクーラーボックスの中を見つめていた。


物語は、これで終わりじゃなかった。

なんと、しばらくして、じいちゃんに2発目が来たのだ。

「えーっ!!」

「き、きたっ、またきたよーっ!!!」

今度は、ガンガゼに来たらしい。僕は自分の竿を注視していたので、あまりの意外な展開にあいた口がふさがらない。

「今度は、ガンガゼでしょ?」

「う、うん、ヤドカニじゃないよ」

カーっ、こりゃ、本物だ。

「じいちゃん、ゆっくりね。ゆっくりだよ」

「あー、ゆっくりやるよー」

すっかり余裕が出てきたじいちゃんは、着実に寄せてくる。何度か竿頭をガンガンたたかれているけど、まぁ、心配ないだろう。

ほどなく、岸際に寄せてきた。

見ると、先ほどよりやや大きい本物だ。

「佐久間さん、いいよ、もう充分空気を吸ったから大丈夫だよ。次の波で上げよう」

「あいよ、わかった」

波を見て、タイミングを計る。

「よしっ、いいよっ、いまだっ」

「おうっ」

じいちゃんが目一杯引っ張り上げ、やはり先ほどの岩場に引き上げた。

僕は慎重に岩場を降りて、石鯛をつかんだ。

「おう、佐久間さん、さっきのよりいいぞ」

「ほ、本当かい」

ふたつ目の戦利品をじいちゃんに届けた。

「オー、ほんとだ、デケーや、やったやった」

自然と手が伸びて、握手した。

「やったなぁ、佐久間さん、スゲーよ、２本だよ」

「うん、うん、スゲーなぁ」

石鯛釣りにハマったじいちゃん

満面の笑みだ。

ざっと見、4kg近いだろう。いいイシだ。

何か自分が釣ったよりも嬉しく、僕は喜々として興奮していた。

これは、じいちゃんが自分でガンガゼをエサに釣った石鯛である。

その瞬間を見てなかったけど、間違いなく、最初の本アタリで合わせたんだろうなぁ。

これだから石鯛の合せは難しいのだ。ひょっとすると、コイツは、僕だったら上げられてないかもしれない。2回目を待っていて、スッポカされていたかもしれないのだ。

僕は、磯の上で2回目の写真を撮ってあげた。


結局、この日はお互いにこれが最後の獲物だった。僕はブダイ1匹。佐久間さんは5年ぶりの獲物が2匹。

帰り際、船長も終始喜んでいてくれた。

もちろん、船宿に戻ってからは、記念撮影だ。惜しいことに、こんな日に限って、他の釣り人がいなかった。僕ら3人で、祝杯をあげた。

「いやー、佐久間さん、ホントよかったねー」

船長が嬉しそうに言う。

「ハハ、このひぐちさんのおかげさね。わしの力じゃねーよ」

照れくさそうに、じいちゃんは言った。

「いや、違うよ佐久間さん、確かに1匹目は手を貸したけど、2匹目のでかいほうは完璧佐久間さんひとりの手柄だよ」

「はは、そうかね」

「いやー、たいしたもんだ」

船長も佐久間さんの肩をたたいて、大笑いだ。気持ちよく祝杯は続いた。

いつもなら、軽く呑んで、風呂に入り、少し仮眠して帰路につく。

その、軽く呑むつもりが、いつもより2〜3杯多めにいただいちゃった。佐久間さんとふたりで風呂に入り、布団に入ったら、秒殺で寝に入った。泥のように寝るのが、僕の特技だ。

目が覚めると、佐久間さんは先に起きて帰ったとのこと。すっかり酔いがさめた僕は、熱いお茶をいただいた。

「いやー、それにしてもよかったなぁ」

船長が、しみじみつぶやく。

「うん、ほんとだねぇ。佐久間さん、合わせが早いんだよね。見ていてヒヤヒヤしちゃったけど、今回はそれが功を奏したみたいだよ」

「あぁ、あの人は、昔っからそうなのさ。とにかく早合わせだろ。だから、なかなかかからないのさ。まぁ、だれに言われても治らねーから、性分なんだろうな」

「はは、そうだね」

「とにかく、釣れてよかったよ。こう連敗続きじゃ、俺も、肩身が狭かったからな」

船長は、うまそうにタバコを吸いながら、心から安心しきった顔で言う。

「ほんと、よかったね。2匹とも、いい型だしね」

僕らは、いつまでも喜びを口にし合った。

じつに、いい日であったのだ。


それから2年……。


またまた、佐久間さんがドツボにハマってる。あの2匹の石鯛を最後に、1匹も釣れないのだ。

オッソロシーほどのスランプである。

それでも、佐久間さんは嬉々として通ってくる。なんせ、5年という長～いトンネルを経験しているから、2年なんか屁でもないようだ。


「おう、ひぐちさん、ヤドカニはたくさん捕れたかい」

今日もじいちゃんは、楽しそうにお酒を呑んで、僕を迎えてくれた。

カメ吉の逆襲

ここんとこ、カメ吉が絶好調だ。なんつっても尺ヤマメを連発したのである。それも、僕の目の前で。

「ぎゃー、師匠見てくださいー、でかいっすよー」

興奮するカメ吉のネットの中には、ゆうに尺を超えたヤマメちゃんがパクパクしてる。

「うん、デケーなぁ。いいヤマメだ」

僕は、驚きに目を丸くしてこたえた。


それにしても、男子三日会わずして……ってのは、まさにコヤツのためにある言葉だと痛感した。カメ吉は、僕の二番目の釣り弟子である。一番目は、佐藤君という、おっそろしく釣りのセンスのない男なのだが、その佐藤君に「カメはダメだなぁ、ひゃっひゃっひゃっ」と、いつもダメ出しをされていたんだから、世の中、恐ろしいもんである。

いまじゃー、すっかり佐藤君を抜き去っている。どうやら佐藤君もそれを察知しているフシがあり、カメのヤツとは一緒に釣りをしなくなっちゃった。

で、最近ちょくちょく僕が駆り出され、一緒に釣りをするんだけど、まぁ、うまくなったもんだ。自作のフライも、じつにうまい！　ともすると、僕も真似できないようなフライを巻いているのだ。

じっくり時間をかけて、ていねいに巻くらしい。

フライ・フィッシングだけに限らず、エサ釣りもうまくなった。これまた釣りの前日に、じっくり時間をかけて川虫を捕る。そして、ていねいに作った仕掛けで、ヤマメ、イワナを引っ張り出すのだ。

僕や佐藤君にはない、一種独特の「粘り」を持っており、それが釣果に結びつくのだ、と思う。

確かに数では、いまだに僕に分があるんだけど、粘って、粘って、大物を引っ張り出すことにかけては、かなわない気がする。

ていねい。粘り。

この二大商品が、ヤツの専売特許である。

が、しかーし。

しょせん、んなもんは、ビギナーズラックみたいなもんであろう。

経験を積んだオイラとは、実力的に雲泥の差があるのだ。

多少、粘りと根性で大物を引っ張り出したところで、付け焼刃である。オイラの輝くような経験と実績を前にしては、ウン○みたいなもんなのである。

佐藤君には威張れても、オイラには通用しないもんね。

すっかり伸びきった鼻をへし折ってやろうと、遡上モノの超大物を狙いに、9月の梓川に行ったときに事件は起きた。

まさか、まさかの……!!


「いやー、師匠と梓川なんて、夢みたいっす」

「あれ？　君と行くの初めてだっけ？」

「そうっすよー、いつも、佐藤さんとばっか行ってたじゃないっすかー」

「はは、そうか、わりーわりー」

行きの車の中で、カメのヤツは興奮しっぱなしだった。確かに、いままで佐藤君は連れてきたことはあったけど、カメのヤツにはまだ早いとか言って、置き去りにされてきたのだ、コヤツは。

「なんと、不憫だったなぁ、お主は」

「そうっすよー、佐藤さんが、カメにはまだ早い、バカめ、とか言って、いつも置き去りでしたから」

じつは昨夜も佐藤君から電話があり、「師匠、カメのヤツと梓に行くらしいっすね」と聞くから「おう、行くよ。君もよかったら、一緒に行くか?」と誘うと、「行きたいっすけど、明日、仕事なんすよねぇ。残念。うん、じつに残念。まっ、師匠、カメに足を引っ張られないようにしてくださいよ、ハハハハ」

あきらかに動揺していた。佐藤が乾いた笑いをするときは、心のなかがグルングるん揺れ動いてるときなのだ。

未熟者めが。

僕らは、一路、安曇野《あずみの》のりんご畑の横を疾走していた。

ほどなくして、最初のポイントに到着。

新島々の吐き出しだ。いつでも最初に寄る好ポイントである。

川の状態を見ると、まずまずだった。もう少し水量があればベストなんだけど、贅沢も言ってられない。

早速、釣りの支度を始めた。今日はエサとルアーの二刀流だ。ポイントにより使い分ける。ここはエサで勝負だ。

「おっ、カメは川虫でやんの？」

「はい、昨日、たっぷり捕まえましたからね」

とびきりの鬼チョロが、エサ箱の中でうごめいていた。

「君もマメだねぇ。俺なんか、めんどくせーから、買ったミミズだぜ」

僕は、昨日購入したミミズの箱を開け、よさげなのをハリにつけた。

「よしっ、やるかっ」

「はいっ」

目を輝かせて、カメのヤツが釣り場へと向かう。

ふふ、バカめ。

川虫で大物なんか釣れるわきゃねーだろ。せいぜい尺がいいところよ。今日は、目の前で見せつけてやっからな。

とっても意地悪な目で、ヤツを見下ろしてやった。もちろん、悟られないようにだが……。

僕は、目の前のいい淵をカメに任せ、ひとつ下のポイントに入った。淵は小さいけど、ここも実績のある場所だ。

慎重に仕掛けを投入する。一発目は大事だ。振り損なって、魚を変に警戒させてはいけない。

仕掛けが底に着いて、ゆっくりと流れる。

こいっ、ここだっ。

心のなかでつぶやいた。

と、目印が止まった。そして、魚の気配が伝わってきた。

よしっ、いいぞ。

少し送ってから、一気に合わせた。竿が曲がる。魚がかかったのだ。

きたっ！

小さく叫んで、僕は竿を立てた。なかなかの引きだ。しかし、大物って感じじゃなかった。慎重に寄せてくると、魚が見えた。

なんだ、ニジか……。

獲物はニジマスだった。抜き上げると、25㎝くらいのキレイなニジマスちゃん。そっと針を外してから、リリースした。

いまはもう水槽に渓流魚を飼ってはいないから、持ち帰るのは剥製クラスだけ。あとは全部リリースだ。

「師匠、ニジマスっすか？」

「うん、ニジちゃんだ。おめーのほうはどうだ」

「なんかアタリがないっす」

「そうか、少しやってダメなら、ポイントを変えよう」

「はい」

ひゃひゃ、やっぱし、川虫なんかじゃ釣れねーんだよ、バカめ。


僕らは少し粘ってから、ポイントを変えた。車で10分ほど走り、別の好ポイントに足を運ぶも、カメのヤツに20㎝くらいのイワナが来たのみ。先行者はいない様子だったけど、大物の遡上はイマイチのようだ。


その後、小大野川、前川、と過去に実績のあるポイントに回ってみたけど、やはり中型のイワナばかり。ルアーに変えても同じだった。数だけはよく出たけど、お目当ての40㎝オーバーは、姿すら見えなかった。

「今日は、大物たちはお休みかなぁ」

車の中で、パンをぱくつきながら、愚痴った。

「でも、釣れるから、おもしろいっすよ」

「カメねぇ、ここには、大物を釣りに来てるんだよ。それも、超のつくヤツ。わかる？　40㎝オーバー、50㎝オーバーを釣りに来てるんだから、あんなサイズで喜んでちゃ、話になんないよ」

「そうすかー、でも、本当楽しいっすよ」

未熟者めがー。小さいのを釣って喜んでるようじゃ、ダメなんだよ。

カメは、言葉通りに、けっこう楽しんでいた。しかし、ここには、大物を釣りに来てるのだ。それも「超」のつく。

「あ〜、物足りねーなぁ」

「そうっすかー、僕なんか、最高っすけど」

かー、うつけ者めー。

簡単な昼食をとったあと、僕はとっておきの場所にカメを連れていった。それは、沢渡《さわんど》のバス停上の取水堰堤だ。過去、50㎝オーバーのイワナの実績がある、すっばらしいポイントである。

以前、僕は、ここに潜ったことがある（『釣り坊主がゆく』（山と溪谷社刊）にて詳述）。釣りじゃーなく、潜ったのだ。それも、とても寒い時期に。

ある年の9月の最終日。

このポイントで、50㎝オーバーの渓流魚を数匹確認した僕は、もう、興奮しまくりで、竿を出していた。
デ、デケーッ!!　おい、ありゃー、ヤマメじゃねーか。イワナでもいいからこいっ、早くエサを食ってこい!!
ところが、いくら粘ってもヤツらは僕のエサに見向きもしなかった。むしろ、エサが鼻先に来ると、逃げ回ってやがった。

かーっ、くそーっ、なんちゅう失礼なヤツらだ。バカめー。

これでもかってくらい汚い言葉を撒き散らし、目の前の大物たちにぶつけた。

しかし、まったく釣れる気配がなく、虚しく時間ばかりが過ぎていった。このまま釣れなきゃ、もう明日はない。明日から禁漁となってしまうので、釣りは御法度なのである。

おいおい、頼むよー。しまいには、鮎のコロガシ釣りのように、引っ掛け釣りを試みたけど、それも空振り。

あたりはすっかり暗くなり、とうとうタイムアップとなってしまったのだ。

もうそのときのガッカリといったらなかった。まさに、失意のどん底、悔しさの日本海溝なのであった。

釣り逃がした、ってのも悔しいけど、時間切れ、禁漁期間突入ってのも、歯がゆくて辛いもんである。

そんな思いをした数日後、釣り道具を整理していた僕は、モリを見つけて、ビビビと体中に電流が走った。

この手があったじゃん!!

そう、モリを持って、あの淵に潜るのだ。そんでもって、あの大物たちにブスリ。みごとカタキを討つのである。

最高ダー。これっきゃない!!

我が人生、最高のヒラメキに酔いしれ、モリをていねいに研ぎ上げた僕は、翌週、実行に移した。

禁漁というのは、釣りのみならず、魚をとっ捕まえること自体禁止なのだが、「竿を出さなきゃ、いいんだよなぁ、なにも……」とわけがわからない解釈をして、素っ裸でモリを片手に水の中に入っていったのだ。

人に見られたらやばいので、朝いちばん、薄明かりの中、水に入っていった。

ウオーっ、さブー、オイラ死ぬー……。あまりの冷たさに気が遠くなった。それでも、このチャンスを逃したらもうあとがない、と覚悟を決め、ズブズブと水の中へと入っていったのだ。

グエーッ、死ぬー。ただでさえ小さいキンタ○が、縮み上がってお隠れになってしまっていた。

ブオォォォォ、サビィィィィ……。鼻水と震えが止まらない。

バカ丸出しであった。

結果は、みごとに失敗。と言うよりも、むしろ惨敗。

魚たちはどこにもいず、しかも、零度近い気温のなか、震えながら潜ったもんだから、心臓麻痺で死ぬとこだった。

ほぼ、入水《じゅすい》自殺。人生最大のヒラメキで、あわや命を落とすところだったのだ。それも、ありえない姿で……。

十月中旬の梓川を、完全にナメていた。

車の中で1時間、フルチ○のままヒーターにあたり、ようやく生還した、というとんでもない失態を演じたのである。

この場所に来ると、いつもあのときのことが思い出され、自然と苦笑いが浮かんでくる。

「師匠、いいポイントですねぇ」

カメのヤツが、思わずつぶやいた。

「な、だろ、いいだろう。昔、ここで、でかいのを上げたんだぜ」

すっかり得意になって、過去の栄光を自慢しまくってやった。

「僕も、でかいのを釣りたいっす。早くやりましょう」

「オッケイ、支度して降りようぜ」

ふたりしてポイントに降りると、先行者の足跡があった。

ちょっとガッカリだ。それでも、と淵の様子をうかがうも、ササ濁りのせいかよく見えなかった。

「じゃー、師匠、やってみますね」

「おう、やろうやろう」

僕らは、淵にそれぞれのエサを投入した。僕は、今度はブドウ虫に変えてみた。カメのヤツは、相変わらず川虫だ。

何回か流すと、カメのヤツにアタリが来た。少し送ってからカメが合わせた。

うまいっ、いいタイミングだ。

バッチシのタイミングでかかった魚は、24cmくらいのイワナだった。

「おう、いいイワナだな」

「はいー、いいっすね」

「食いたきゃ、キープしろよ。おふくろさんが好きだろ、イワナ」

「いいっすか。じゃ、そうします」

嬉しそうに、袋にしまった。

僕は、本来、キャッチ・アンド・イートか、飼うというスタイルなので、釣って食うことに、抵抗も違和感もない。

死んだら、お釈迦様にこれでもかってくらい、叱られるのは覚悟の上である。灼熱地獄か、針地獄か。針は針でも、釣り針でグサグサ刺される地獄かもしれねーなぁ。

ま、そんなコター、死んでから考えればいいのだ。

しばらくして、すっかり釣れなくなったので、僕は上のポイントに移動しようとカメを誘った。するとｌ「僕は、ここで、もう少し粘ってみます。なんか、でかい魚の姿が見えた気がするんです」と言うので、「あいよ、まぁ、がんばんな」と声をかけ、ひとり上流へと向かった。

ふふ、バカめ、幻でも見たんじゃねーか。

僕は薄笑いを浮かべながら、ポイントを移動した。

ひとりになった僕は、ていねいにポイントを探っていった。ここらには先行者の跡がなく、各ポイントから、型のいいヤマメ、イワナが上がってきた。

楽しいことには違いないけど、なんせ、大物が目当てなのである。

くそー、大物ちゃん、釣れてくれよー。

祈るような気持ちで、竿を振り続けた。

時期的には、充分、遡上モノが来ているだろう。あとはそれを探し出し、ゲットするのみだ。

僕は、ときに、エサをミミズにチェンジしながら、あらゆるいそうなポイントに竿を出し続けた。中型のイワナはいくらでも出た。たまに丸々太ったヤマメも楽しませてくれた。まったくもって魚影が濃い川である。

その日、何十四目かの獲物を針から外していたときだ。何やら、声が聞こえた。はたと止まって、耳を澄ませると、どうやらカメのヤツが、僕を呼んでいるようだ。

ん？　なんだ？　ま、まさかね……。

僕は、竿を抱えて、流れを下った。

「ししょーっ、ししょーっ」

声が大きくなる。

「なんだー、どうしたー」

「き、きましたーでかいっすー」

アチャー、まさかまさかである。

オイオイ、嘘だろう。頼むよ、ニジマスであってくれー。

「待ってろ、いま行くから、ねばれよー」

心とは裏腹の言葉が、口から出る。

急いで岸に上がり、ヤツのいる堰堤下に向かうと、カメの竿が満月にノサレていた。明らかに大物だ。

「待ってろよ、いま行くからな」

急いで崖を降りて、カメの下へ向かった。

「し、ししょー、でかいっすー!!!」

カメは焦りまくってる。獲物は見えないけど、間違いなく40㎝オーバーだろう。

「いいから、竿を立てろ。オメー、糸は何号だ」

「えーと、1・5号です」

「1・5号ーっ。それで通しか」

「はい、通しです」

驚いた。そんなぶっとい仕掛けによく食いついたもんである。

「そんだけ太けりゃ大丈夫だ。ゆっくり弱るまで、引き比べしろ」

「は、はい、でも、すごい引きっすよ」

確かに、すごい引きだ。僕はモノが何かを見ようと、水中を凝視した。

時々、黒っぽいのが見えた。イワナかっ！

ヤマメの大物なら、どこかに赤かピンク系の色が見えるはずだ。

つまり、サクラマス化しているからだ。それがないってことは、まずイワナに間違いなし。

クソーっ、ニジマスじゃねーのか。

しかも、その獲物はとんでもなく大物に見えた。

あー、なんてこった。僕は泣きそうだった。と言うのも、僕の梓川のイワナの記録が53㎝。それを軽々超えていそうなくらいでかい魚体が垣間見えたからだ。

「おい、カメ、こりゃ、でかいぞ」

「えーっ、釣りたいっすー、早く上げたいー」

カメは必死に、祈るように竿を立てている。

僕は、どこかでバレねーかなぁ、なんて祈りつつ、じつは悲観していた。

なぜなら、いまのタックルに、1・5号の糸だ。よほどの事故がない限り上がるであろう。

竿でもポッキリ折れない限り、この獲物は、もうヤツのものだ。

こりゃー、とんでもないことになったなぁ。

超大物をカメに釣られたとあっちゃー、僕も佐藤君もかたなしである。

予想通り、しばらくして魚は岸近くに寄ってきた。僕はかねてのタモを用意して構える。

「カメっ、今度寄りそうだったら、一気に寄せろ、いいな」

「は、ハイッ」

僕はタイミングを図って、「いまだっ！」と叫んだ。

カメは、必死に竿を立てて、獲物を寄せてきた。僕はそいつを一気にすくった。

「とったゾー、上げたー」

「ヤッター、オー、ヤッター」

カメの雄叫びが川原にこだまする。こうして上げてみると、やっぱし嬉しいもんだ。

素直に、カメのヤツを祝福してやりたくて、ネットをのぞき込んだ。

ふたりでネットを見て、「おっ」と、声が出た。

獲物は、なんとブラウントラウトだった。それも、丸々と太った50㎝オーバーだ。

「カメ、やったな。ブラウンだ」

「ブラウン？　すか？」

「あぁ、ブラウントラウトだ。こりゃ、超大物だぞ」

「師匠、これ、イワナじゃないんですか？」

「まぁ、親戚みたいなもんだよ。立派な獲物だ」

「そうっすカー、やったんですね、ヤッター」

メジャーで計測したら、55㎝あった。

超大物である。

とにかくでかいブラウンだ。岸の上で見ていた観光客から、歓声があがった。

「おい、カメ、手を振れ、手を」

「えーっ、恥ずかしいすよー」

「バカ、みんなオメーの偉業をたたえてくれてんだから、手ぐらい振ってやれ」

「そ、そうすかー……？」

カメは、いやいや小さく手を振って、歓声にこたえていた。顔は真っ赤だった。

僕はデジカメで記念撮影をしてから、獲物をていねいにクーラーボックスにしまった。すぐにコンビニで氷を買って入れないと、魚体が傷んでしまう。

「カメ、行くぞ」

「はい、でも、釣りは終わりですか？」

「あたりメーじゃん。オメーがこんなのを釣るから、早く持って帰らなきゃ困るだろ」

「は、はい」

まだ釣りたそうなカメを説得して、そそくさと家路についた。

こうした奇跡的な一発が出た日は、そこでやめるほうがいい。変に気が高ぶっていて、無理をしてケガをすることもあるし、釣れなかった相方も無理をする傾向がある。

僕も多少後ろ髪を引かれる思いだったけど、今日はここまでだ。

カメの天下が……

いやー、魚を見たときの佐藤君たらなかったなぁ。

もう、目を丸くして、声も出ず、しばらくして、嫉妬の目でカメをいじくり始めた。

じつにみっともない。超カッコわるいのであった。

「まぁ、僕も行ってりゃー、カメよりでかいのを釣ってましたよ」

せいぜい、このくらいの虚勢を張るくらいが関の山であった。

まぁ、無理もない。僕も、やられたーと、思ったくらいだから。

これが、ニジマスちゃんだと、ひゃひゃひゃで終わるんだけど、ブラウンだと、イワナ、ヤマメに準ずるくらい重みがある。

勝手にそう決めているんだから、ニジちゃんには気の毒な話である。


そんなんで、しばらくカメの時代が続いた。しょんぼりしたのは、佐藤君だけじゃない。もちろん僕もだ。すっかりデカイ顔ができなくなっちゃった。悲しいことこの上ない。


それにしても、カメの粘りは大したもんである。

今回のブラウンも、僕じゃー、間違いなく釣れてなかった。

先行者もいたし、今日はダメだな、と決めつけ、さっさとポイントに見切りをつけていただろう。

それに、エサにしてもそうだ。僕は梓川の超大物を狙うときに、川虫を使ったことなど一度もな

カメ吉の逆襲

い。ミミズかブドウ虫が最上と決めつけているのだ。

驚いたなぁ。川虫で50㎝オーバーなんて、信じられない。

まさに目からウロコが落ちる思いで、大いに勉強させられた感じである。

まだまだ甘いなぁ、オイラは。長いこと大物釣りをしてきて、すっかり変な固定観念が植えつけられてしまっていた。

エサはミミズかブドウ虫が絶対、とか、先行者がいたらもうダメ、とか、糸が太いと絶対釣れない……等々。

う〜ん、こりゃ、考えを変えなくちゃダメだなぁ。

つくづく反省しちゃった。

そんなんで今回は、すべてカメ吉の大勝利であった。やられたのだ。完敗である。

普段よりドヤ顔で反り身になっているカメ吉の陰で、ボクと佐藤君は、ひっそりと泣いているのでありました。

さらば、いとしのじいちゃん

「ししょー……、じいちゃんが死んじゃいましたー」

電話の向こうで、釣り弟子のカメ吉が泣きながら言う。

「そ、そうかー、いつだ」

「今朝です、5時半ごろです」

「うん、で、じいちゃんは楽に逝ったか?」

「はい眠るようでした」

「うん、そうか」

僕は、早速、衣に着替えて、カメ吉の家に向かった。

先週、お見舞いに行ったときはまだ話もできたけど、やはり病気が病気だけに、一気にわるくなったようだ。

このじいちゃんとは、じつに楽しい思い出がいくつかある。

ボクと佐藤君とカメ吉の三人で釣りに行って、マムシをとっ捕まえてじいちゃんにさばいてもらって四人で食ったり、スッポンをとっ捕まえては調理してもらったりと、とにかくわけのわかんない調理のときは、じいちゃんの出番だった。

三人で大ウナギを釣ったときも、じいちゃんに蒲焼きにしてもらい、カメのオヤジも加わって、蒲焼き祭をしたこともあった。

そのつど、嫌な顔もせずちゃっちゃと調理してくれた、やさしいじいちゃんであった。

じいちゃんも、ガンには勝てなかったなぁ……。

楽に逝ってくれたことが、せめてもの慰めであった。


車で15分ほど走って、カメ吉の家に着いた。

カメ吉の家は、食堂だ。じいちゃんが食堂を始めて、50年。ひとり息子、つまりカメ吉のお父さんが後を継ぎ、カメ吉は三代目で、じいちゃんと親父さんを手伝っていた。


「こんにちは、おじゃまします」

僕は勝手知ったる家に入り込んで、じいちゃんの元に進んだ。

「あっ、ひぐちさん、忙しいところ、どうもわりーね」

カメ吉の親父さんが言う。その横で、カメ吉は泣きながら頭を下げた。

僕はそっと顔にかかった白布を外した。

じいちゃんは、じつにいい顔をしていた。

思わず、手を合わせた。

じいちゃん、いろいろとうまいもんを食わしてくれてありがとう。どれもうまかったぜ。

じいちゃんはよく働いたからな、天国へ行ったら、ゆっくり休みなよ。

僕は目をつぶりながら、ゆっくりとお経を読ませてもらった。

通夜、葬儀も滞りなく済み、じいちゃんはみなに送られて旅立っていった。


それからしばらくして、カメ吉が家に遊びに来た。

「ひぐちさん、こないだはどうも」

「うん、カメも大変だったな。疲れたろう」

「いや、そんなのはいいんすけど、いまだに、じいちゃんのことを思い出すたびに涙が出るんです」

なかなか、悲しみから立ち直れないようだ。

無理もない。カメ吉はじいちゃん子で、じいちゃんが大好きだった。

また、じいちゃんもカメ吉をよく可愛がってた。

「まぁ、カメ吉さぁ、順番だよ。順番に旅立つのは、自然の摂理。これは、どうしようもないことさ」

「……」

カメ吉は下を向いたままだ。

なんとも、沈んでしまっている。

しばらくは、ふたりとも無言でいた。

何か声をかけてやりたくて、しばし思案の後、ふと思い出した話があり、僕はカメのヤツに、その話をしてみた。

それは、こんな話だ。

二千五百年以上も前の、お釈迦様のいた頃の話。

ある、子どもを亡くした母親が、悲しみのあまり、お釈迦様の元へ来て、「なんとかこの子を生き返らせてください」と懇願しました。

このお母さん、子どもを亡くしてからいつまでも立ち直れず、また、その死を受け入れられずに、子どもの亡骸を抱いたまま何日も過ごしているのだという。

そこでお釈迦様は「わかった、では、ケシの粒をもらってきなさい。ただし、条件がある。いまだかつて、死人を出したことのない家からだ」と、母親に言いました。

母親は喜んで、「わかりました、もらってきます」と街に出てゆきました。

お釈迦様は、きっとケシの粒で薬を作って、子どもを生き返らせてくれるんだわ。

母親は、嬉々として、一軒目の家を訪れたのでした。

ところが、一軒目の家では、「ごめんなさいね、うちは去年おじいさんを亡くしてます」と言われてしまいました。

それではと、2軒目の家に行くと、「うちは今年の春、子どもを亡くしたんです」と言われました。

3軒目でも、4軒目でも、必ずだれか仏様が出ていたのでした。

何十軒目かの家の前に来た母親は、ハッと気がつきました。

みな、身内を亡くした悲しみを経験している。私だけじゃなかったんだ、と。

そうして、ようやくその母親は、我が子の死を受け入れ、お釈迦様の元に来て、「悲しいのは私だけじゃないことに気がつきました」と頭を下げたのです。

お釈迦様は母親の手を握り、慈悲の手で子どもをともらってあげたのです。

この話をカメ吉にしたら
「そうですよねぇ。悲しいのは僕だけじゃないっすよねぇ」

と、ようやく顔を上げてくれた。

「うん、俺も、何年か前に親父を送ったけど、やっぱ辛いよな」

「はい、辛いっす」

カメ吉は、また涙を浮かべている。

「たくさん泣いてやれよ。じいちゃんも喜ぶぞ。ただし、いつまでもめそめそしてたら、じいちゃんはいい顔をしねーだろうな」

「は……はい」

「ま、さっきも言った通り、順番さ。俺もカメ吉も、いつか順番が来たら向こうに行くのさ。こりゃ、しょうがねーのさ。自然の摂理ってやつさ」

「順番……すか」

「あぁ。でもな、同じ旅立つんでも、順番が狂うと、とても悲しいことさ。もし、じいちゃんよりカメ吉が先に旅立ったら、じいちゃんはどんなに悲しむか計り知れないよ」

「そうっすね」

「順番に旅立てるのは、ある意味、幸せなことさ。一昨年、石巻《いしのまき》に行って、痛感したよ」

僕は、被災地に行って、この世の理不尽さを痛いほど思い知らされたことを、カメ吉に語った。

カメ吉は、涙を流しながら、真剣に聞いてくれていた。


それから、しばらくして、カメ吉に食堂に呼ばれた。

「ちわっす」

中に入ると、「まぁ、座っててください」と、キッチンからカメ吉に言われた。

言われるままに座っていると、目の前にオムライスが出てきた。

「ひぐちさんの、大好きなオムライスです」

そう、僕はじいちゃんの作るオムライスが大好きで、高校時代からのファンだった。いままで、どんだけ食ったかわからない。僕の体の何%かは、間違いなくじいちゃんのオムライスでできている。

「これ、オメーが作ったの？」

「えぇ、自信作っすよ」

「ふーん、ま、いただきます」

僕はでかい口をあけ、一気にほおばった。

うまい！　じいちゃんの味だ!!

野郎、やりやがったな。

「ばーろー、うめーよ」

「でしょー、ねっねっ」

得意そうなカメ吉が、腕を組んで笑っている。ようやく立ち直ったようだ。

目の前のオムライスに、いつしか温かいものが、ポタポタと落ちていた。

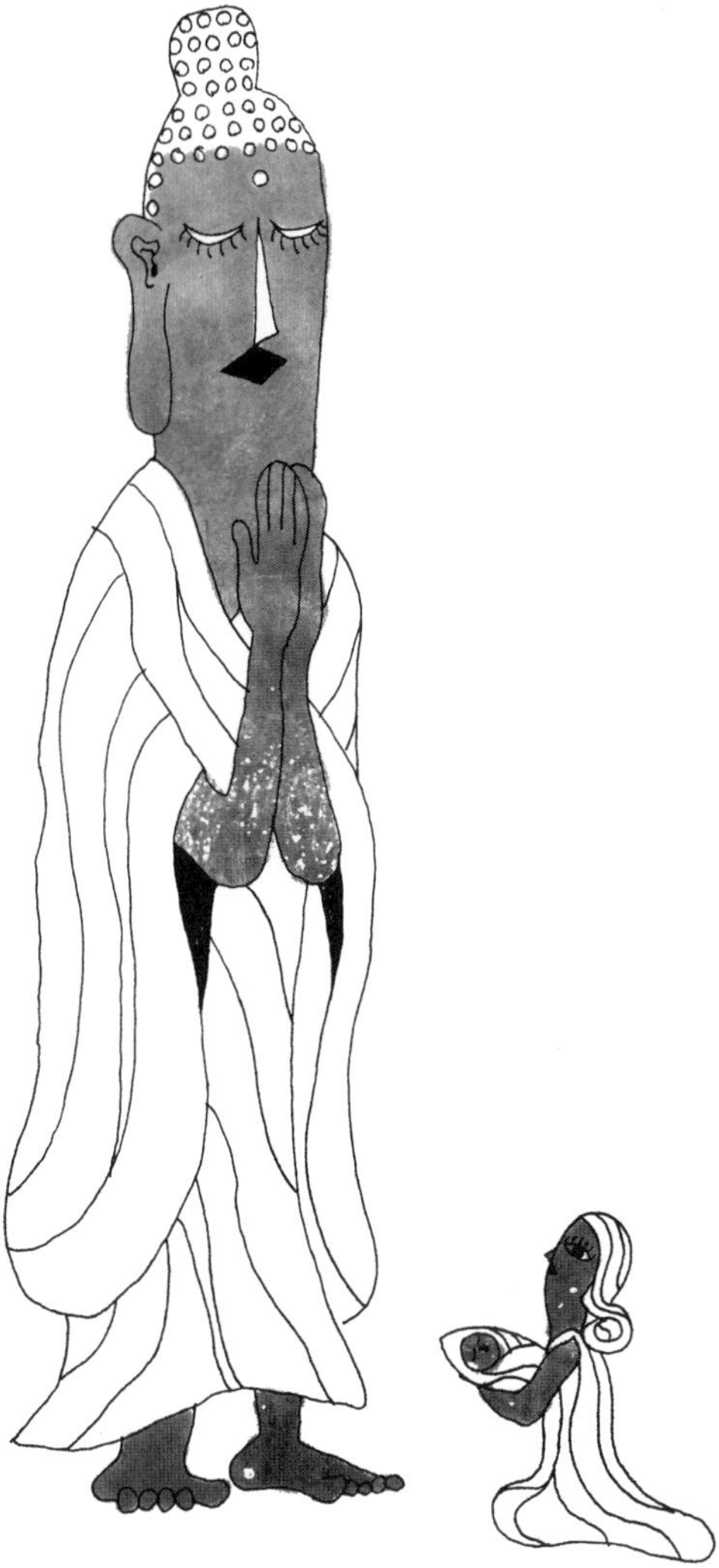

活字中毒という言葉がある。中毒というおどろおどろしい表現をあえて使うこの言葉は、まさに僕のためにあるような気がする。

小さい頃から、漫画に始まり、怪人二十面相、名探偵ホームズ、なんでもかんでも読みあさってきた。

小学校の頃から寝床が大好きで、そこで読む江戸川乱歩などは最高に心を躍らせてくれた。

すでにその頃からオッソロシーほどの妄想癖があった僕は、ひとたび本のページをひもとけば、その世界へと入り込んでいた。学校でも、授業中に本を読んでいて怒られたことはしょっちゅうだった。

断っておくが、文学青年をひけらかしているわけではない。

ただの、本オタク。パラノイア的な妄想癖に取り憑かれた、ハナ垂れ小僧だったのである。あの当時、パソコンがあれば、間違いなくはまり込んでいただろうし、コミケや秋葉原へと通っていたかもしれない。

長じては、世界文学的な本に目覚め、ドストエフスキーやマルケスなんかに傾倒もしたけど、いまでもたまに江戸川乱歩全集などを読みふける。

楽しいなぁ。

やっぱ、漫画や本は、楽しくなくちゃいけない。


そういうスタンスで、僕はこれまで本を書いてきた。

釣りの本を出すときは、釣りをしない人が読んでも楽しめるように。

また、ギャンブルの本を出すときもそうであった。

つまり、どの角度から読んでも楽しめるように、を心がけてきたのだ。

そういった意味で、この拙著『破天荒坊主がゆく』も、老若男女、誰が読んでも楽しめるように、と筆を進めてきた。


果たして、それが実現できたかどうかは、読者のみなさんに判断していただくしかないのである。

最後に、単行本化の実現に多大なご尽力を下さった編集の山本晃市氏、装丁・イラスト・デザイン・題字を担当して下さった山本哲史氏、そしてえにし書房の塚田敬幸氏には、この場を借りてお礼を申し上げる次第であります。

ひぐち日誠

1960年生まれ。日蓮宗総本山である山梨身延山の支院、日朝上人霊跡 行学院覚林坊第42世、七面山敬慎院第120代別当。日蓮宗系の大学である立正大学を卒業するも、本人いわく「学生時代は、雀荘や競輪競馬場に通い、囲碁や釣り、登山などなど、さまざまな社会勉強をした時期」でもあり、「俗世間での日々が修行そのもの」。一方、世界三大荒行とされ死者も出る「日蓮宗百日結界大荒行」を完遂。現在も滝に打たれながら読経する「滝修行」や真冬にフンドシ一丁で水を被る「水行」(例年1月上旬。「祈祷祭」とされる行事にて遂行。檀家のみならず多くの人が集まる)など、数々の「行」を励行している。また、住職となった後も仏の道を模索し、多くの人の「お悩み相談」を受け、求道の一端として早稲田大学に入学、心理学を学ぶ。私生活では数々の修羅場に遭遇するも、不思議な力にあやかるなど、まさに九死に一生を得ることしばしば。探究心旺盛で、50歳を過ぎたいまもゴルフ道や極真空手道を追求し、境内の多くの（？）木に空手練習用の布団が巻かれ、現在は肋骨骨折中。著書に『釣り坊主がゆく』『釣り坊主、今日もゆく』（共に山と溪谷社刊)、『ギャンブル坊主がゆく 麻雀激闘記』（彩流社刊）などがある。http://kakurinbo.jp/

編集：山本晃市
装丁・イラスト・デザイン・題字：山本哲史

Enishi Shobo

破天荒坊主がゆく

2014年9月20日　初版第1刷発行

著者　ひぐち日誠
発行者　塚田敬幸
発行所　えにし書房株式会社
〒102-0073 東京都千代田区九段北1-9-5-919
TEL 03-6261-4369　FAX 03-6261-4379
ウェブサイト http://www.enishishobo.co.jp
E-mail info@enishishobo.co.jp
印刷／製本　壮光舎印刷㈱

©2014 Nissei Higuchi
ISBN-978-4-908073-03-8

＊定価はカバーに表示してあります。
＊乱丁本・落丁本はお取り替えいたします。
＊本書の一部あるいは全部を無断で複写・複製（コピー・スキャン・デジタル化等）・転載することは、法律で認められた場合を除き、固く禁じられています。